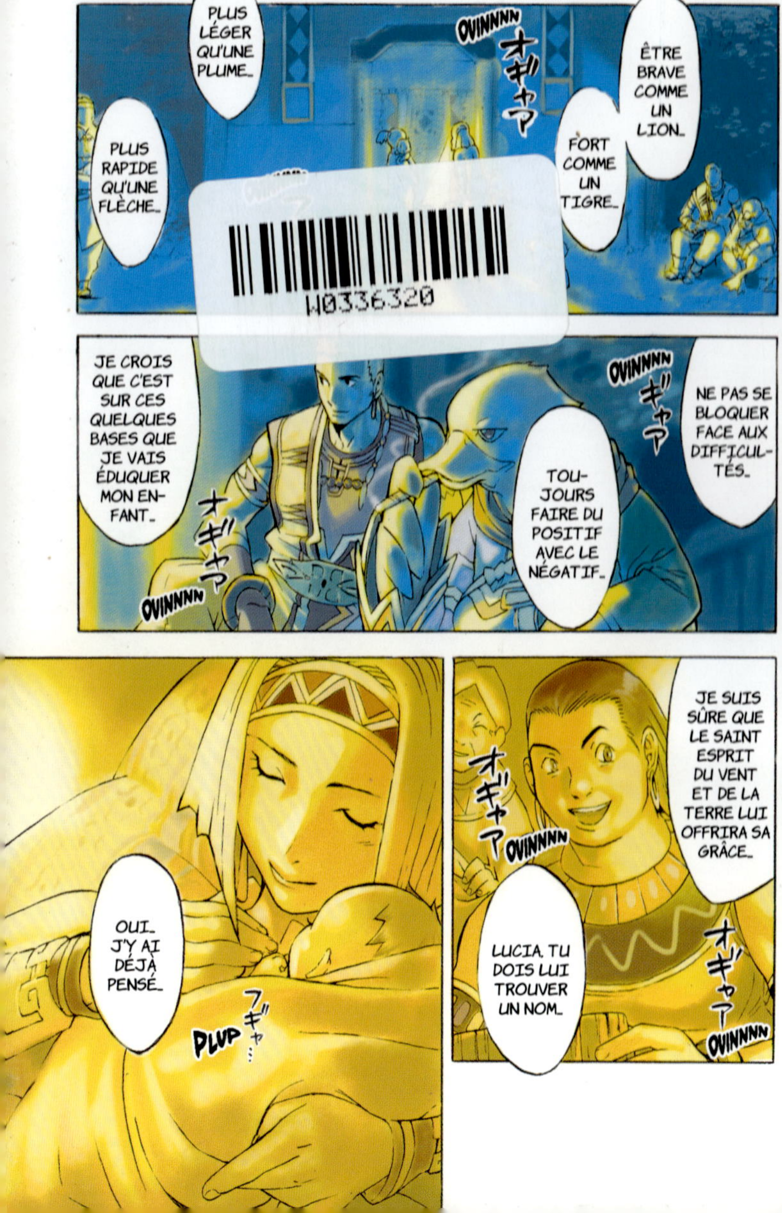
OVINNNN
ÊTRE BRAVE COMME UN LION…
FORT COMME UN TIGRE…
PLUS LÉGER QU'UNE PLUME…
PLUS RAPIDE QU'UNE FLÈCHE…
OVINNNN
NE PAS SE BLOQUER FACE AUX DIFFICUL-TÉS…
TOU-JOURS FAIRE DU POSITIF AVEC LE NÉGATIF…
JE CROIS QUE C'EST SUR CES QUELQUES BASES QUE JE VAIS ÉDUQUER MON EN-FANT…
OVINNNN
JE SUIS SÛRE QUE LE SAINT ESPRIT DU VENT ET DE LA TERRE LUI OFFRIRA SA GRÂCE…
OVINNNN
LUCIA, TU DOIS LUI TROUVER UN NOM…
OVINNNN
OUI… J'Y AI DÉJÀ PENSÉ…
PLUP

HUGO -
IL S'APPELLERA HUGO !
EN LANGUE KARAYA, HUGO SIGNIFIE "FLÈCHE AILÉE".

Prologue 1

Hugo et Fubar

SCHLUMP !
WHAOU ! JIMBA TU ES DRÔLEMENT ADROIT !
TAC
シャン
TAC
シャン
BAH, QUESTION D'HABITUDE...
TU ES BIEN NAÏF HUGO ! QUI CROIRAIT QUE TU ES LE FILS DE NOTRE CHEF !
LA FERME AILA !
TU COMPRENDS HUGO ?
TU AS JUSTE À GARDER UNE LONGUEUR D'AVANCE SUR TA PROIE.
TU DOIS TE METTRE À SA PLACE ET TE DEMANDER OÙ ELLE VA FUIR...
TU PRÉPARES TON ARC ET TU TIRES.
OUI !

BRRRRR
CLI
CLI
ON A L'IMPRESSION QU'ILS VIENNENT DE DÉNICHER UN GRAND FESTIN DANS LES ROCHERS...
ON FERAIT MIEUX D'ALLER VOIR...
QU'Y A-T-IL BEECHAM ?
LES VAUTOURS LÀ-HAUT ONT L'AIR BIEN EXCITÉ...
LES SOLDATS KARAYA SONT VRAIMENT INCROYABLES...
EN EFFET, CE N'EST PAS LE GENRE DE NOURRITURE QU'ILS S'OFFRENT TOUS LES JOURS...
RHOOAAA
RHOOAAA

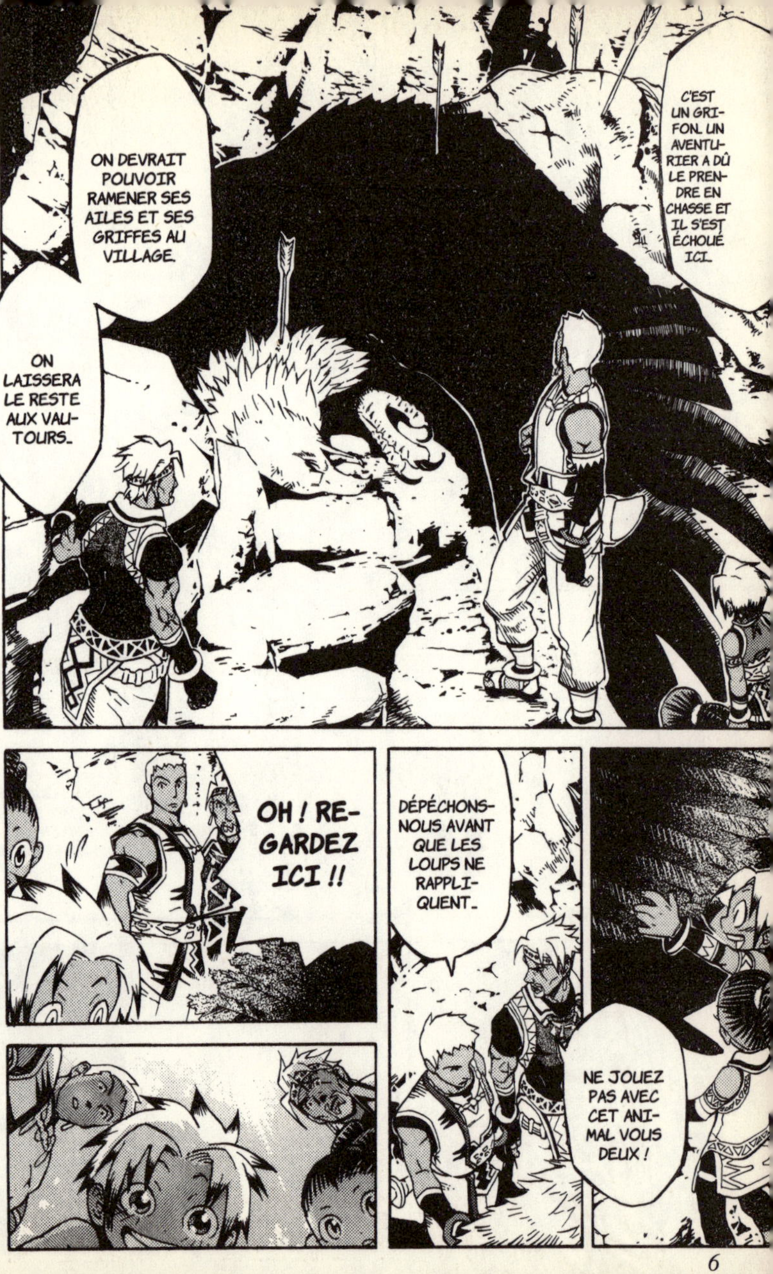
C'EST UN GRIFON. UN AVENTURIER A DÛ LE PRENDRE EN CHASSE ET IL S'EST ÉCHOUÉ ICI.
ON DEVRAIT POUVOIR RAMENER SES AILES ET SES GRIFFES AU VILLAGE.
ON LAISSERA LE RESTE AUX VAUTOURS.
DÉPÊCHONS-NOUS AVANT QUE LES LOUPS NE RAPPLIQUENT.
OH ! REGARDEZ ICI !!
NE JOUEZ PAS AVEC CET ANIMAL VOUS DEUX !

CUI CUI
PSSHHH
ガヤ
PSSHHH
ガヤ
MHH...
CE GRIFFON A ÉTÉ ABATTU ALORS QU'IL VOLAIT AVEC SON BÉBÉ...

ON VA LE GARDER UN CERTAIN TEMPS COMME COMPAGNON DE JEU POUR HUGO...
ÇA DEVRAIT VOUS SOULAGER UN PEU SERGENT JOE, N'EST-CE PAS ?
ÇA RISQUE AU CONTRAIRE DE ME DONNER ENCORE PLUS DE TRAVAIL...
HA HA. GARDEZ UN OEIL SUR EUX...
AIIIIIIIIIE !!!!!
うおおおおん

ÇA COMMENCE BIEN.
QUE SE PASSE-T-IL, HUGO ?
OUINNNNNN !
ひえええええ
IL A ÉTÉ MORDU ALORS QU'IL VOULAIT CARESSER FUBAR…
FUBAR ? VOUS LUI AVEZ TROUVÉ UN NOM ?
PLIC
PLIC
HUGO, ON T'A POURTANT PRÉVENU DE NE PAS LE TOUCHER TANT QU'IL EST EFFRAYÉ…
ENSUITE, SOUVIENS-TOI QU'UN KARAYA NE PLEURE JAMAIS !
…
ZIP !
TAP TAP TAP
TCHIP

ZIP
...
HÉ HÉ HÉ
OH ! IL A MANGÉ LA CHENILLE !
TCHAP
MIAM MIAM
GNAP !
OUIIIIINNN!
びえええ
...

LES GRIFFONS SONT PARMI LES PLUS BEAUX ANIMAUX VIVANT DANS CE MONDE...
ANIMAL HYBRIDE ENTRE L'AIGLE ET LE LION, LE GRIFFON NE CRAINT RIEN NI PERSONNE...
SA NOBLESSE ET SA RARETÉ EN FAIT CEPENDANT UNE PROIE TRÈS PRISÉE DES "AVENTURIERS"...
CES GENS APPELÉS "AVENTURIERS" FONT BEAUCOUP DE MAL...
SI LES KARAYA N'ONT BESOIN QUE D'UN GRIFFON ALORS QU'ILS EN TROUVENT DIX, ILS N'EN TUERONT QU'UN. MAIS LES AVENTURIERS LES MASSACRERONT TOUS...
LA PLUPART D'ENTRE EUX NE SONT QUE DE VULGAIRES CONTREBANDIERS.
JAMAIS ILS NE VOUDRONT LAISSER AUX AUTRES UNE PARTIE DE LEUR BUTIN...

IL EST BIEN DIFFICILE DE FAIRE LA DIFFÉRENCE ENTRE UN VRAI AVENTURIER ET UN SIMPLE BANDIT…
UNE CHOSE EST CERTAINE, IL FAUT TOUJOURS S'EN MÉFIER…
…
ENCORE TOI ! VA-T-EN DE LÀ !!
TOC
TOC
TOC
ESPÈCE DE SALE CHÈVRE !
FUBAR, TU PEUX SORTIR !
ALLEZ, VIENS !

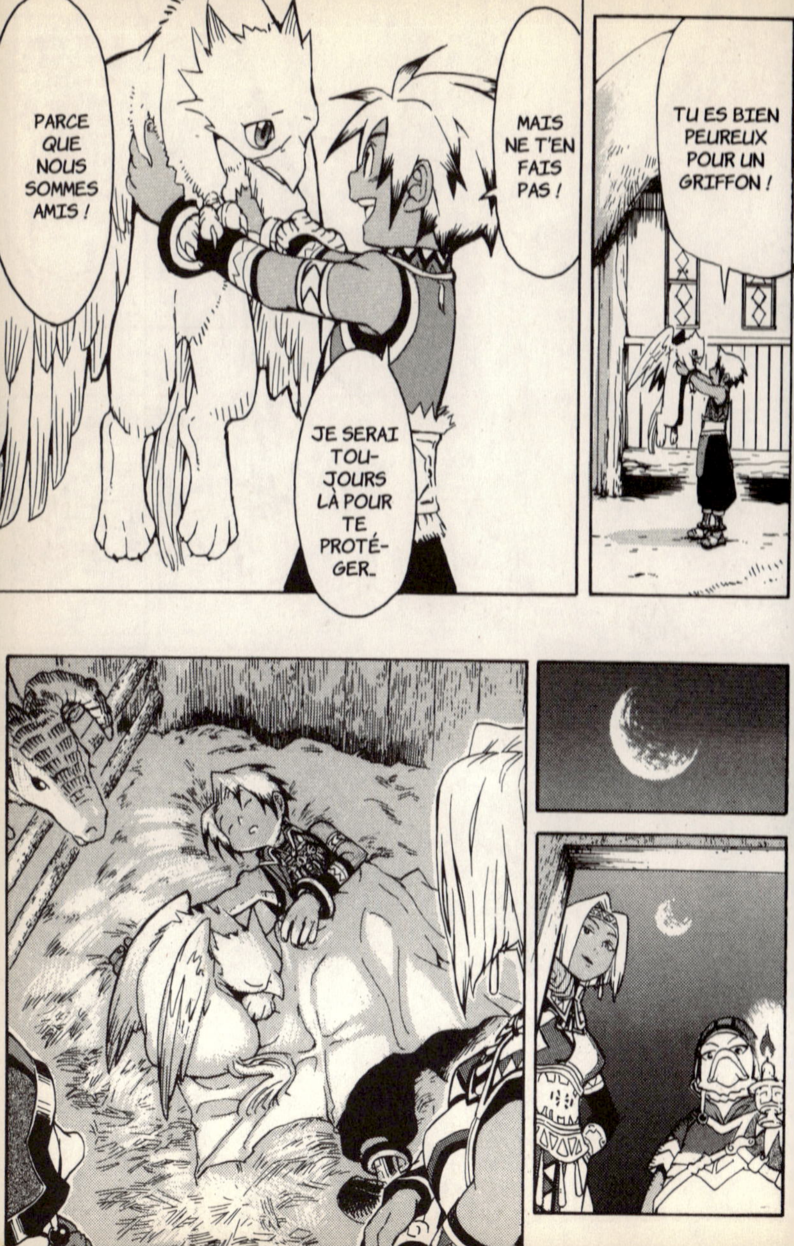
TU ES BIEN PEUREUX POUR UN GRIFFON !
MAIS NE T'EN FAIS PAS !
JE SERAI TOUJOURS LÀ POUR TE PROTÉGER…
PARCE QUE NOUS SOMMES AMIS !

COUIIIIIIIIIIII !
キュイイイン…
FLAP
FLAP
FUBAR, ALLONS CHASSER !
COUIIII !
IL VA FALLOIR AUSSI T'ENTRAÎNER À VOLER !

JE CROIS QUE LE MOMENT EST VENU...
TU NE PEN-SES PAS ?
OUI...
FUBAR !
FUBAR !
FUBAR !
OÙ A-T-IL BIEN PU PASSER...

JE SUIS DÉSOLÉE HUGO MAIS NOUS NE POUVONS PAS LE GARDER PLUS LONG-TEMPS AU VILLAGE...
UN GRIFFON RESTERA TOU-JOURS UN ANI-MAL SAUVAGE ET NOUS NE VOULONS PAS PRENDRE LE RISQUE QU'IL S'ATTAQUE UN JOUR À QUELQU'UN...
COUIII...
キュウ...
FUBAR N'A JAMAIS ÉTÉ AGRES-SIF !
SOR-TEZ-LE DE CETTE CAGE !

FUBAR VA ÊTRE RACHETÉ PAR UN MARCHAND DEMAIN...
ON VENDRA SES AILES ET SES GRIFFES...
ON EN TIRERA UN BON PRIX...
FUBAR N'EST PAS UNE CHOSE ET IL N'EST PAS À VENDRE!!
C'EST MON AMI !
TU AVAIS L'INTENTION DE LE VENDRE DEPUIS LE DÉBUT ?
TU NE VAUX DONC PAS MIEUX QUE CES AVENTURIERS ALORS !
PARCE QUE TU CROIS QUE JE VAIS PRENDRE LE RISQUE QU'IL TUE QUELQU'UN JUSTE POUR TE FAIRE PLAISIR ?
ALORS QU'UN CHIEN EST NOURRI POUR PROTÉGER TA MAISON, UN GRIFFON, LUI, NE FAIT QUE MANGER...

MAMAN, JE FERAI TOUT CE QU'IL FAUT !
JE SERAI CONSCIENCIEUX DANS MES ENTRAÎNEMENTS AU COMBAT !
JE FERAI N'IMPORTE QUOI POUR FUBAR !
S'IL TE PLAÎT, MAMAN !
C'EST HORS DE QUESTION.
N'INSISTE PAS, JE NE CHANGERAI PAS D'AVIS…
ET ÉVITE DE FAIRE DES PROMESSES QUE TU NE POURRAS PAS TENIR…
MAMAN, JE TE DÉTESTE !
VIEILLE PEAU !!

VIEILLE PEAU ?
ON AURAIT PEUT-ÊTRE MIEUX FAIT DE LE PRÉPARER AVANT…
EN EFFET…
MMHH
J'AI PEUT-ÊTRE ÉTÉ TROP DURE AVEC LUI…
WOOOOOOOOO…
BLA
BLA

QUEL IMBÉCILE !
WOOOOOOOOOOO...
TU COMPRENDS ? IL NE FAUT PLUS QUE TU REVIENNES AU VILLAGE...
COUIII...
TU FERAS BIEN ATTENTION AUX LOUPS ET AUX AVENTURIERS, D'ACCORD ?
J'AURAIS AIMÉ TE GARDER TOUJOURS PRÈS DE MOI...
PARDON FUBAR...

IL FAUDRA QUE TU TE DÉBROUILLES SEUL POUR TA NOURRITURE !
ADIEU !
COOOOUUUUUUOOOO !

C'ÉTAIT FUBAR !
COUUUUUUIIIIIIII !
COUIIIII !
COUIIIII !
!
COUIIII...

NE BOUGE PAS, JE VAIS TE SORTIR DE LÀ...
COUIIIII !
CE N'EST PAS UN PIÈGE KARAYA.
QU'EST-CE QU'IL FAIT LÀ ?
FLAP !!

SLASH !
BRRRR !
ブルブル
WOOOOOOO !!!
ウオオオオオ

GROOOAAA
SLASH !
KYAAAA !
VLAM !
GROOOAAAA

HAAAA
HAAAA
TAP
COUIIIII !!!
BRRRR
SLASH !
LÂCHE FUBAR !!
COUIII-IIIII !!!

BOM !!
FUBAR !
GRROOAAAAA !
CLAC
CLAC
FUBAR, VA-T-EN !!
FU... FU...

FUBAR !
FUBAR !
JE SERAI TOUJOURS LÀ POUR TE PROTÉGER.
PARCE QUE NOUS SOMMES AMIS !

CRIC
CRIC
CRAAAAC!
CLIC
CLIC
CLIC

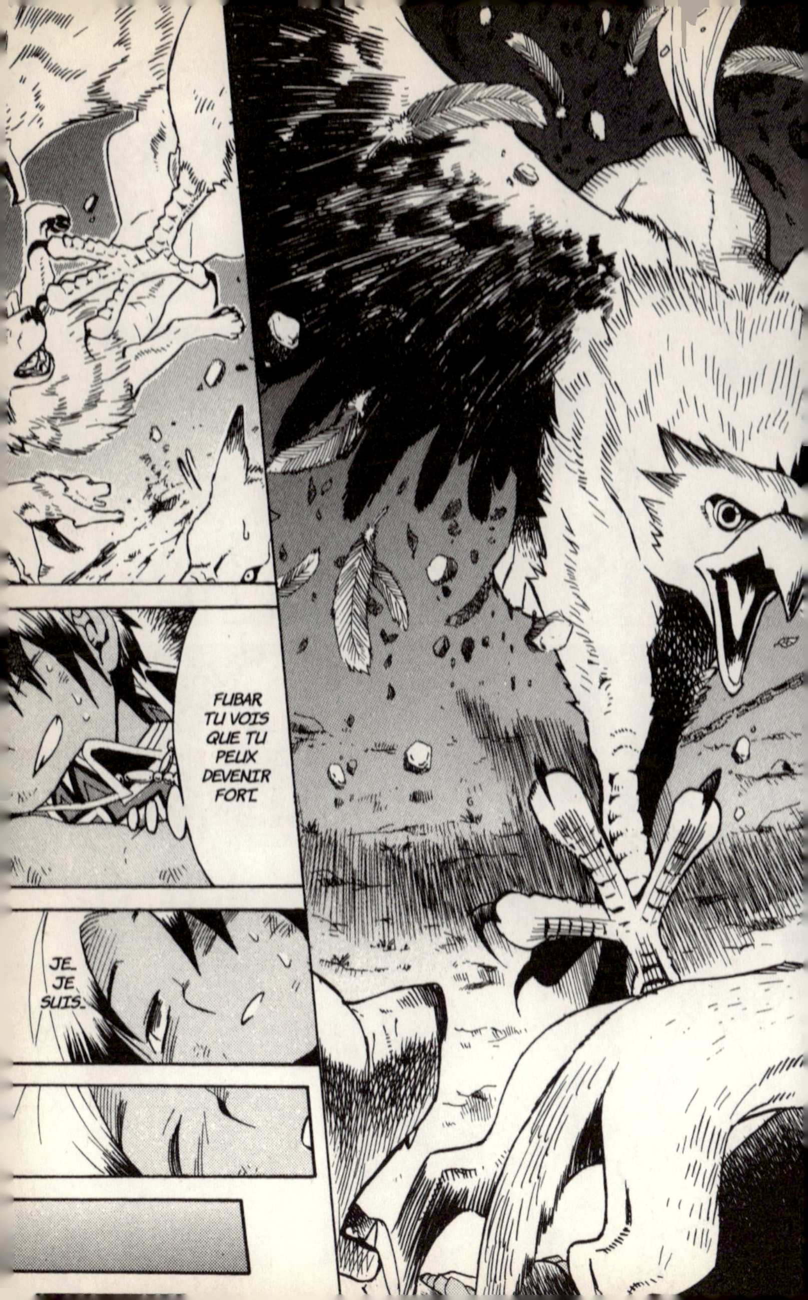
FUBAR TU VOIS QUE TU PEUX DEVENIR FORT.
JE... JE SUIS...

AVEC CES BRACELETS, TU FAIS PARTIE DE LA FIÈRE ÉQUIPE DES GUERRIERS !
CLAC !
パチン

キュイイン
COUVIII
ON A TOUS LES DEUX LES MÊMES !
わははは
HA HA HA
APRÈS L'INCIDENT DES LOUPS...
LES GENS DU VILLAGE M'ONT APPRIS QUE FUBAR ÉTAIT REVENU DE LUI-MÊME, COUVERT DE BLESSURES, AVEC MOI SUR SON DOS.
LORSQUE JE SUIS REVENU À MOI...
MAMAN M'A PRIS DANS SES BRAS... ET ELLE A ACCEPTÉ DE CONSIDÉRER FUBAR COMME UN KARAYA À PART ENTIÈRE.
JE PENSE QUE FUBAR POURRA NOUS ÊTRE UTILE LORS DES JOURNÉES DE CHASSE...

OUAIIIS !!!
OUAIIIS !!!
JE VOUDRAIS JOUER UN MORCEAU EN L'HONNEUR DE NOS DEUX NOUVEAUX SOLDATS !
OUAIIIS !!!
OH OUI, UNE CHANSON !
CLAP CLAP CLAP !

REMPLISSONS NOS COUPES D'ARGENT ET FESTOYONS, AMIS IMMORTELS !
REMPLISSONS NOS COUPES D'OR ET FESTOYONS, CHERS FRÈRES !
NOUS SOMMES LES ENFANTS DE LA TERRE... NÉS DANS LE BERCEAU DE CETTE PLAINE... FESTOYONS ENSEMBLE, CHERS FRÈRES... JUSQU'À CE QUE LA MORT NOUS PRENNE...
HOURRA ! HOURRA ! HOURRA !

Durant l'année 474 du calendrier solaire, les Karaya, vivant sur les terres des Grassland, rentrèrent en guerre contre la fédération de Zexen, une nation naissante à l'Ouest du pays.

Une légère querelle au sujet des droits de passage sur les Grassland est à l'origine du gigantesque combat qui allait entraîner l'armée des Six Clans dans un conflit sans fin avec les guerriers de la fédération de Zexen...*

** L'union des Six Clans regroupe les soldats des six communautés les plus puissantes vivant dans les Grassland (les Karaya, les Lizard, les Duck, les Chisha, les Alma Kinan et les Safir)*

SOLDATS. ÉCOUTEZ ! LA PREMIÈRE LIGNE DE FRONT DES GUERRIERS DES GRASSLAND VIENT DE BATTRE EN RETRAITE !
YAAAAAAAAAAAH
おおおお おおお
CES BARBARES NE NOUS VALENT PAS !
PRÉPAREZ UNE NOUVELLE OFFENSIVE AVEC UNE FORMATION EN FLÈCHE !
BATTEZ-VOUS POUR LA GLOIRE ET L'HONNEUR DES ZEXEN !
CHRIS, SALOMÉ, JE COMPTE SUR VOUS...
CLIC
LA VICTOIRE EST ENTRE NOS MAINS...
BON COURAGE. SIR GALAHAD !

Prologue 2

La fée d'argent

MADEMOISELLE CHRIS…
JE NE SAIS PAS COMMENT VOUS ANNONCER CETTE TERRIBLE NOUVELLE MAIS…
… SIR WYATT, VOTRE PÈRE, A…
LORSQUE J'AVAIS CINQ ANS, MON PÈRE A ÉTÉ PORTÉ DISPARU LORS D'UNE BATAILLE DANS LES GRASSLAND…
JE NE SAVAIS PAS À CET ÂGE QU'ÊTRE PORTÉ DISPARU SIGNIFIAIT QU'IL ÉTAIT MORT.
J'AI DONC ATTENDU SON RETOUR REGARDANT SA CHAISE VIDE DE TRÈS NOMBREUX JOURS…

À 13 ANS, J'AI INTÉGRÉ L'ÉCOLE MILITAIRE DES ZEXEN.
POUR QUE LA MÉMOIRE DE MON PÈRE WYATT AINSI QUE L'HONNEUR DE MA FAMILLE, LIGHTFELLOW, NE SOIENT JAMAIS SOUILLÉS, JE ME SUIS ENTRAÎNÉE TRÈS DUREMENT.
MAIS J'AI EU À AFFRONTER LES BRIMADES DE TOUT MON ENTOURAGE...
WHAAA !
AAAAAAAA !
SLASH !
TU TE PRENDS POUR QUI, HEIN ? SALE FEMELLE !

"TU N'ES QU'UNE FILLE !"
POUR CETTE UNIQUE RAISON, MES CAMARADES NE M'ONT JAMAIS ACCEPTÉ PARMI EUX... DE NOMBREUSES FOIS, J'AI FAILLI ABANDONNER...
JE SUIS UNE FILLE, OUI... ET ALORS ?
À LA FIN DE MA FORMATION, J'AI ÉTÉ RECRUTÉE COMME CHEVALIER SECONDAIRE POUR ME BATTRE AUX CÔTÉS DU CHEVALIER CAPITAINE GALAHAD...
J'AVAIS 16 ANS...
TU ES DONC CHRIS LIGHTFELLOW... J'AI BEAUCOUP ENTENDU PARLER DE TOI...

TU RESSEMBLES PLUS À TA MÈRE QU'À TON PÈRE...
!
VOUS CONNAISSIEZ MON PÈRE ?
OUI... WYATT ÉTAIT UN FORMIDABLE CHEVALIER...
AVEC UN PÈRE COMME ÉTAIT LE TIEN, TU AS UNE FORTE PRESSION SUR LES ÉPAULES...
SIR GALAHAD...
PENSEZ-VOUS QU'IL Y AIT DES CHANCES POUR QUE MON PÈRE SOIT ENCORE VIVANT ?
...
JE SUIS DÉSOLÉ...
JE... JE COMPRENDS...

CHRIS !
HÉ, CHRIS !
HEIN ?
ÇA NE VA PAS, VOUS VOUS SENTEZ MAL ?
NON NON. TOUT VA BIEN SALOMÉ...
COMMENT SE PORTE LE FRONT ?
COMME PRÉVU...
GRÂCE À L'EXCELLENCE DU CAPITAINE GALAHAD ET DU VICE CAPI-TAINE PÉLIZE, NOS TROUPES DOMINENT TRÈS LARGEMENT...
...
BIEN...

JE VENAIS TOUT JUSTE D'ÊTRE PROMUE CHEVALIER SECONDAIRE LORSQUE J'AI RENCONTRÉ SALOMÉ LA PREMIÈRE FOIS.
VOUS ÊTES BIEN LA FILLE DE SIR WYATT, JE ME TROMPE ?
JE M'APPELLE SALOMÉ HARRAS.
OUI. JE SUIS BIEN CHRIS LIGHTFELLOW... QUE PUIS-JE FAIRE POUR VOUS ?
SIR WYATT ÉTAIT L'UNE DES PERSONNES ENVERS QUI J'ÉPROUVAIS LE PLUS GRAND RESPECT.

OH ! NE SERAIT-CE PAS LA FILLE DE LIGHTFELLOW ?
OUI, C'EST BIEN MOI…
TU VOIS, JE TE L'AVAIS DIT !
ELLE EST PLUS JEUNE QUE JE PENSAIS…
COMMENT CONNAISSEZ-VOUS MON NOM ?

VOUS ÊTES CÉLÈBRE !
VOUS ÊTES L'ÉTOILE MONTANTE DES ZEXEN ! VOUS AVEZ BOUCLÉ VOTRE APPRENTISSAGE DES ARMES À 16 ANS POUR DEVENIR AUSSITÔT LE CHEVALIER SECONDAIRE DU CAPITAINE GALAHAD !
ET VOUS ÊTES AUSSI JOLIE QU'ON LE DIT…
ELLE SERA PAS MAL POUR LA DÉCORATION.
FAUDRA JUSTE QU'ELLE FASSE UN EFFORT SUR LE MAQUILLAGE…
QUE VOULEZ-VOUS DIRE PAR LÀ ?
SIR LÉO !
SIR PERCIVAL !
SIR PÉLIZE VOUS DEMANDE…

SIR ROLAND, SIR BORUS, LAISSEZ-MOI VOUS PRÉSENTER LA DEMOISELLE ICI PRÉSENTE...
LE CHEVALIER SECONDAIRE DE SIR GALAHAD...
...
JE N'AIME PAS LES FEMMES QUI NE SOURIENT PAS...
BORUS, NE TOUCHE PAS À CETTE FILLE HEIN !
QU... IMBÉCILE !

HMM…
JE M'Y ATTENDAIS… TU AURAS UN PEU DE MAL À TE FAIRE ACCEPTER AU DÉBUT…
POUR TE CHANGER LES IDÉES, JE TE PROPOSE D'ALLER ASSURER LA SÉCURITÉ AU BAL ANNIVERSAIRE DE NOTRE NATION.
ÇA TE DÉTENDRA.
AU…
AU BAL ?
OH ! REGARDEZ !
C'EST CHRIS, LE CHEVALIER !
SON CÔTÉ ANDROGYNE EST TRÈS TOUCHANT…
…

M'ACCORDERIEZ-VOUS LA PROCHAINE DANSE ?
JE SUIS DÉSOLÉE. JE SUIS EN SERVICE…
ET ALORS ?
VOUS AVEZ L'AIR D'IGNORER QUE JE SUIS LILLY PENDRAGON, LA FILLE DU PRÉSIDENT GUSTAV !
GRRR
JE NE LE SAVAIS PAS…

PAF !
OOOH !
ざわ
OOOH !
ざわ
POUR QUI TU TE PRENDS ? UN HOMME DE L'ÉLITE PEUT-ÊTRE ?!
JE SUIS CERTAINE QUE POUR ARRIVER À TON GRADE, TU AS DÛ T'ENVOYER EN L'AIR
AVEC TOUS TES SUPÉRIEURS HIÉRARCHIQUES !
PAF !
OOOH !
おおお…
CO… COMMENT OSES-TU !
AAAAAH !

CHEVALIER CHRIS, PAR ICI !
HEIN ?
MAIS...
IL N'Y AVAIT QUE VOUS POUR OSER GIFLER LA FILLE DU PRÉSIDENT... AH AH AH...
...
C'ÉTAIT PLUS FORT QUE MOI...
LA PROCHAINE FOIS QUE TU VAS À UN BAL, N'Y VA PLUS DANS CETTE TENUE...
HÉ HÉ HÉ...
ÇA S'ANNONCE MAL...

QUOI DONC SALOMÉ ?
LEURS RENFORTS ARRIVENT DE TOUS LES CÔTÉS ET NOS LIGNES SE DISPERSENT..
ILS ONT LANCÉ UNE ATTAQUE SURPRISE..
!?
ワァァァ…
ILS SONT SI NOMBREUX !
OÙ ONT-ILS BIEN PU CACHER AUTANT DE SOLDATS ?
COMMENT ? C'ÉTAIT UNE EMBUSCADE ?
...

YAAAAAAAAA !
RE-TRAI-TE !
BATTEZ EN RE-TRAITE !
COMMENT AURAIS-JE PU IMAGINER UNE TELLE EMBUS-CADE !
GROOOAAA !

YAAAAAAAAAA !
SALOMÉ ! CHRIS !
LÉO ! TU ES VIVANT !
OÙ EST LE CAPITAINE GALAHAD ?
HAAA
LE FRONT EST SUR LE POINT DE TOMBER !
LE CAPITAINE GALAHAD ET PÉLIZE...
SOUS MES YEUX, ILS ONT ÉTÉ...
TUÉS !

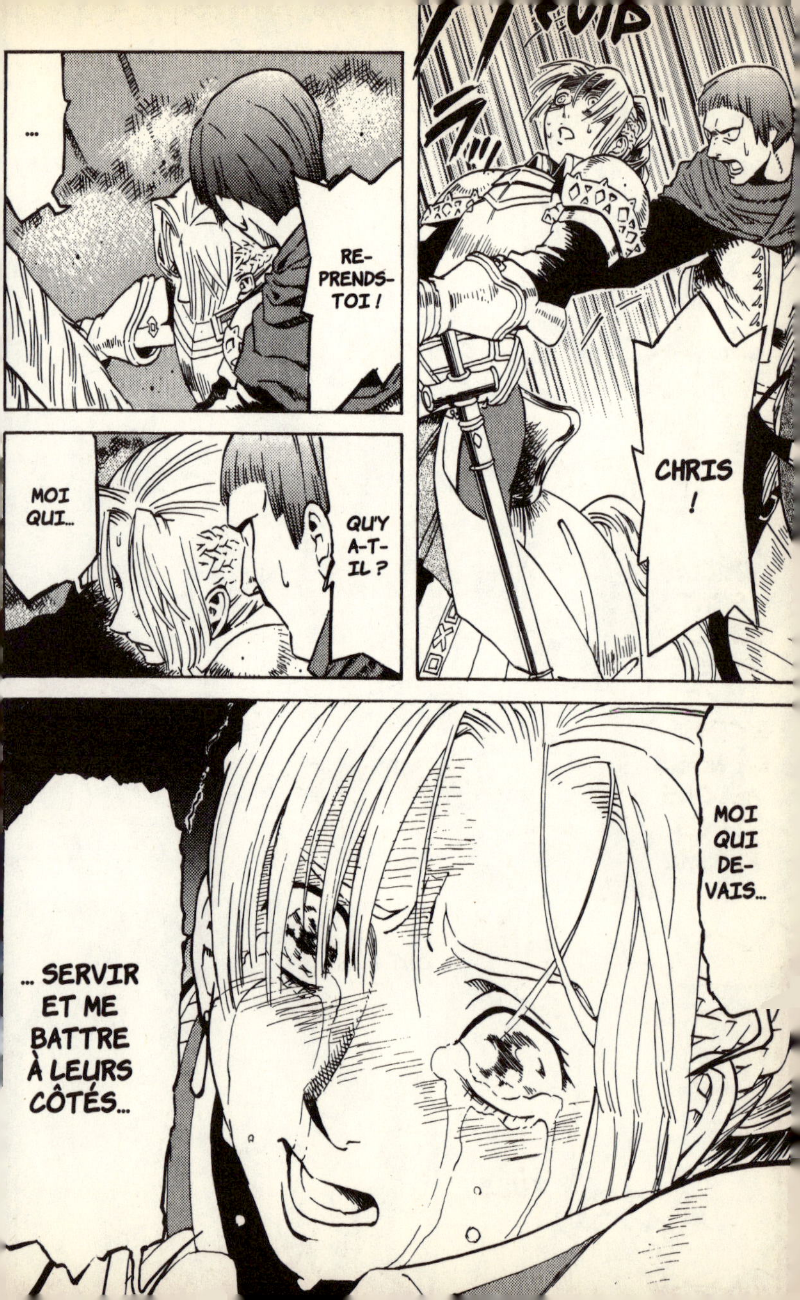
FUIP
CHRIS !
...
REPRENDS-TOI !
QU'Y A-T-IL ?
MOI QUI...
MOI QUI DEVAIS...
... SERVIR ET ME BATTRE À LEURS CÔTÉS...

CHRIS ...
OH NON NOTRE FORMATION EST TOTALEMENT ÉPARPILLÉE...
RHAAAAAAA !
LES SOLDATS FONT CE QU'ILS PEUVENT POUR SE PROTÉGER...
CHEVALIER SECONDAIRE CHRIS !
QUELS SONT VOS ORDRES ? À CE RYTHME-LÀ, NOUS ALLONS TOUS PÉRIR !
JE NE SAIS PAS... JE...
JE NE SUIS QU'UNE FILLE...
TOUT IRA BIEN ! VOUS ÊTES LA FILLE DE SIR WYATT !

!!
SALES HOMMES DE FER ! SORTEZ DE NOS TERRES !!!

RELE-VEZ VOS ÉPÉES ! SOL-DATS DE ZEXEN !
SAUF SI VOUS PRÉFÉREZ CREVER COMME DES CHIENS !

ZIIP!
WUUUP!
LADY CHRIS !!!
TSHAAAH!

ACCEPTEZ-MOI COMME VOTRE BOUCLIER !
JE VOUS OFFRE MA VIE...
MOI, SALOMÉ HARRAS, JE VOUS JURE FIDÉLITÉ, LOYAUTÉ ET DÉVOTION !

YAAAAAAAAAAAAAA!

SLASH!

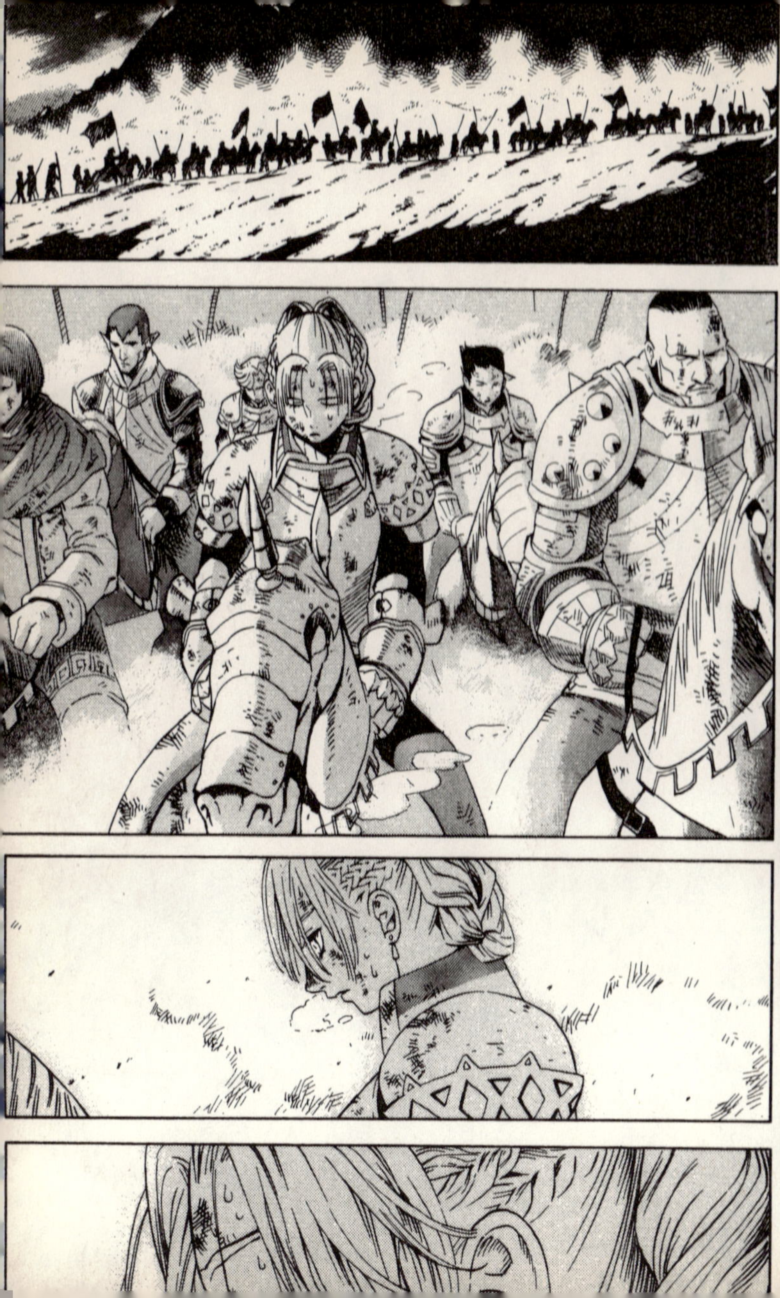

Le chevalier en question, la jeune Chris Lightfellow, fut dès lors surnommée "La fée d'argent"...
C'est le courage et la rage d'un chevalier qui permit à l'armée des Zexen d'éloigner le danger...
C'est au cours de cette terrible bataille avec les Grassland que les Zexen perdirent leur capitaine et leur sous-capitaine...

Suikoden III

Les Héritiers du destin

REGARDEZ LÀ-HAUT ! ON DIRAIT DU FEU !
FUYEZ ! AUSSI LOIN QUE VOUS LE POURREZ !
FUY... !!!
BAOUM !

SPLASH
FLAP
FLAP

SPLOAAASH !!!
COVIIIII !
FU-BAR.
...
PFFF
AHAHAHAHA
COVI----------

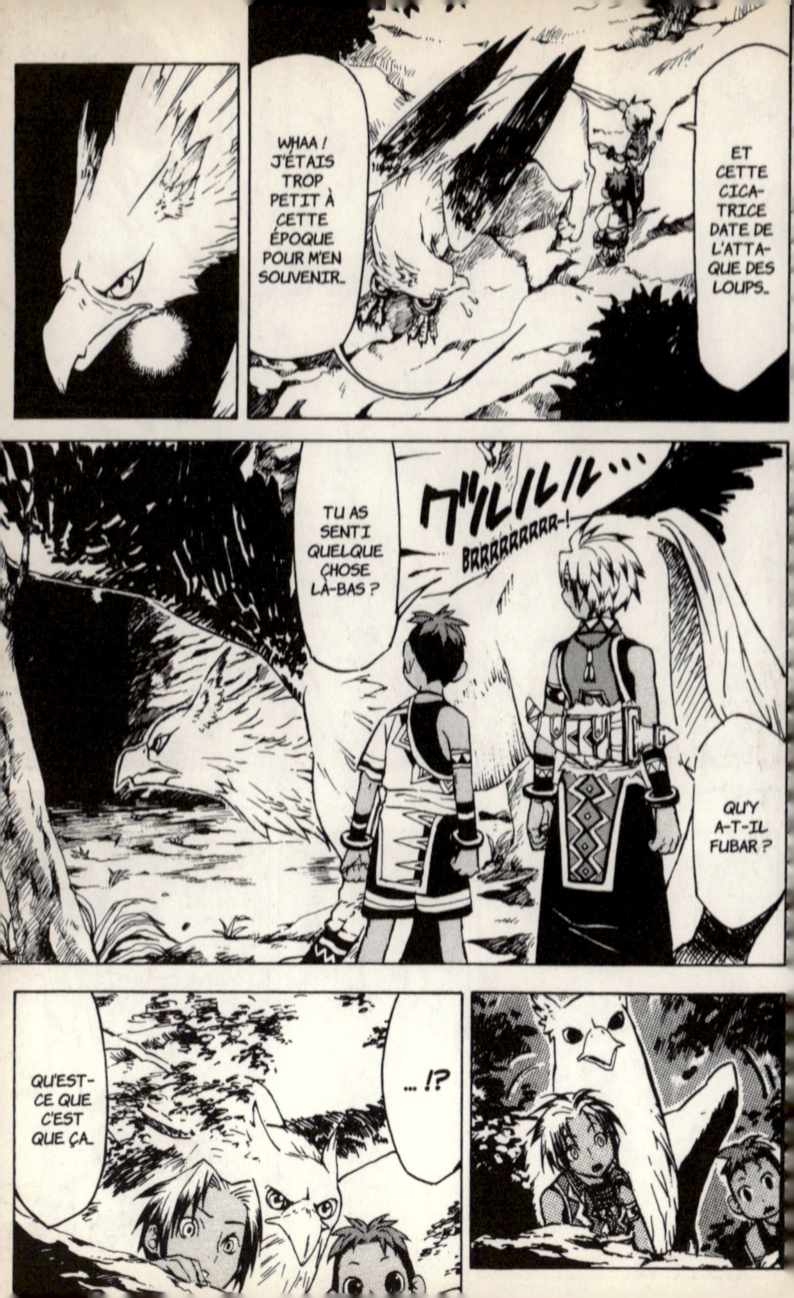

ET CETTE CICATRICE DATE DE L'ATTAQUE DES LOUPS…
WHAA ! J'ÉTAIS TROP PETIT À CETTE ÉPOQUE POUR M'EN SOUVENIR…
QU'Y A-T-IL FUBAR ?
グルルル…
BRRRRRRRR-!
TU AS SENTI QUELQUE CHOSE LÀ-BAS ?
… !?
QU'EST-CE QUE C'EST QUE ÇA…

OUI, CE BÉBÉ AUSSI A PERDU SON PÈRE LORS DE LA BATAILLE…
PAUVRE PETIT…
MAMAN !
JE SUIS BIEN D'ACCORD AVEC TOI…
VOUS SAVEZ, J'EN AI PLUS QU'ASSEZ DE TOUTES CES GUERRES…
ON A TOUJOURS PLUS DE CHOSES À PERDRE QU'À GAGNER…

OÙ ÉTIEZ-VOUS TOUS LES DEUX ? LE SERGENT JOE VOUS A CHERCHÉ !
IL VOULAIT VOUS PROPOSER UNE SÉANCE D'ENTRAÎNEMENT…
AH OUI ? TANT PIS…
TIENS, C'EST POUR TOI !
LUCE, OÙ EST MA MÈRE ?
DANS SA CABANE JE SUPPOSE…
ELLE A UNE RÉUNION AU SUJET DE CETTE SATANÉE GUERRE…
AU FAIT MAMAN ! SUR LE CHEMIN DU RETOUR, ON A VU UNE DRÔLE DE CHOSE !
QUEL GENRE DE CHOSE ?
ALORS, VOUS PRÉFÉREZ LA RIVIÈRE À MES ENSEIGNEMENTS ?
OUPS !
SERGENT JOE !
HÉ, HÉ, HÉ

UNE TRÊVE AVEC LES ZEXEN ?!
AU CONTRAIRE ! JE PENSE QUE C'EST MAINTENANT QU'ILS SONT DÉSORGANI-SÉS QUE NOUS AVONS UNE CHANCE DE LES VAINCRE UNE BONNE FOIS POUR TOUTES !
SI NOUS PERDONS TROP DE TEMPS, CES HOMMES DE FER VONT REFORMER DES ARMÉES ENCORE PLUS SOLIDES ET NE FAIRE QU'UNE BOUCHÉE DE NOUS !
TU AS RAISON. MAIS NOUS AVONS PERDU BEAUCOUP D'HOMMES LORS DE LA DERNIÈRE BATAILLE.
NOUS AUSSI AVONS BESOIN DE REFOR-MER NOS ARMÉES.
LA VIC-TOIRE ÉTAIT À NOUS...
SI SEULE-MENT ELLE N'AVAIT PAS ÉTÉ LÀ...

CE DIABLE BLANC EST APPARU COMME LE VENT... ELLE S'EST BATTUE COMME UN DÉMON ET A RENVERSÉ LA SITUATION À SON COMPTE...
IL PARAÎT QU'ELLE S'APPELLE CHRIS...
JE SUIS POUR LA TRÊVE...
IL EST ÉGALEMENT TEMPS DE RESSOUDER LES LIENS ENTRE LES MEMBRES DES SIX CLANS.
NOS FEMMES ÉGALEMENT N'ARRIVENT PLUS À SUBVENIR À ELLES SEULES AUX BESOINS DU VILLAGE...
...
IL EST PRÉFÉRABLE POUR NOUS D'ORGANISER UNE TRÊVE... MÊME COURTE...

MAIS LUCIA… SI TU VEUX ORGANISER UNE TRÊVE…
ÇA SIGNIFIE QU'HUGO DOIT…
…
JE SAIS…
TAC !
TAC !
TAC !
POC !
ALORS ? ON SE RELÂCHE ?
C'EST À MON TOUR D'ATTAQUER !

SLASH!
BING!
WUUUP!
HMM?

FASHH !
PLAF !!!
PAS MAL !
MAIS TU NE DEVRAIS PAS SAUTER AVEUGLÉ-MENT…

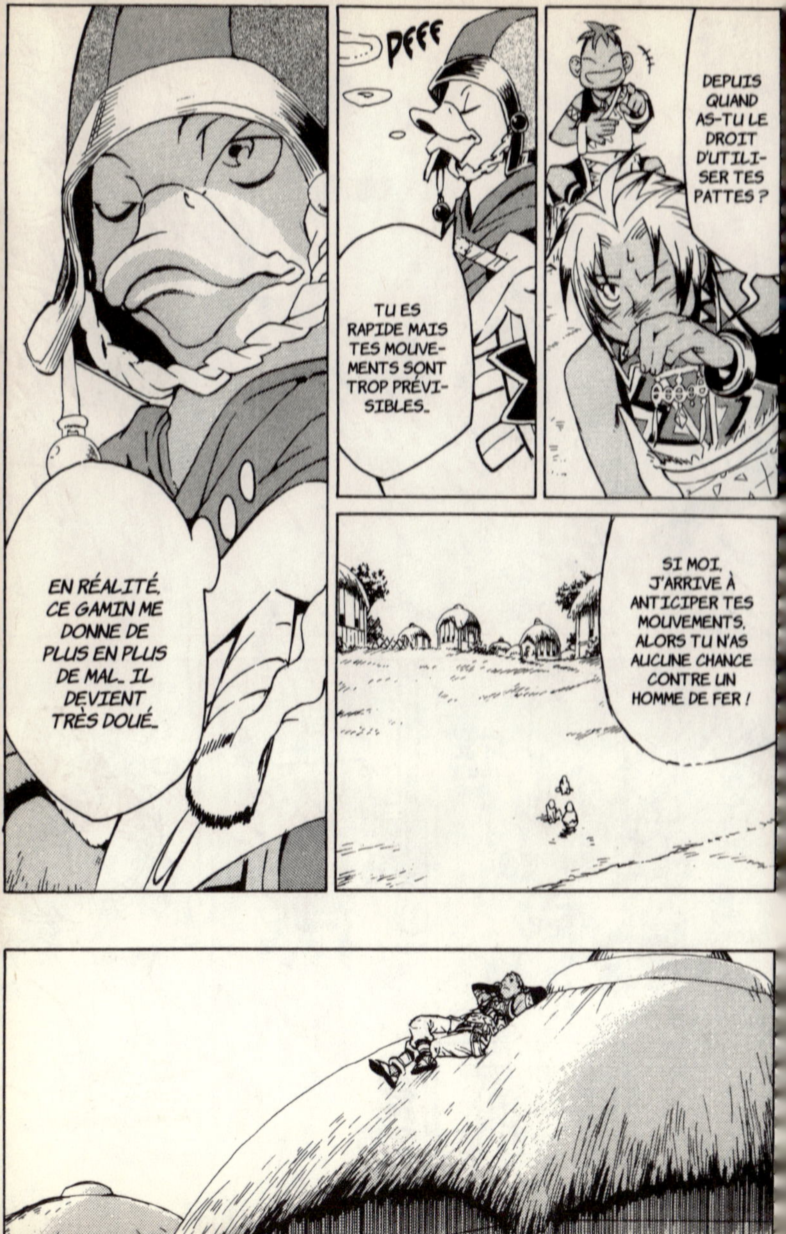
DEPUIS QUAND AS-TU LE DROIT D'UTILISER TES PATTES ?
PFFF
TU ES RAPIDE MAIS TES MOUVEMENTS SONT TROP PRÉVISIBLES…
EN RÉALITÉ, CE GAMIN ME DONNE DE PLUS EN PLUS DE MAL… IL DEVIENT TRÈS DOUÉ…
SI MOI, J'ARRIVE À ANTICIPER TES MOUVEMENTS, ALORS TU N'AS AUCUNE CHANCE CONTRE UN HOMME DE FER !

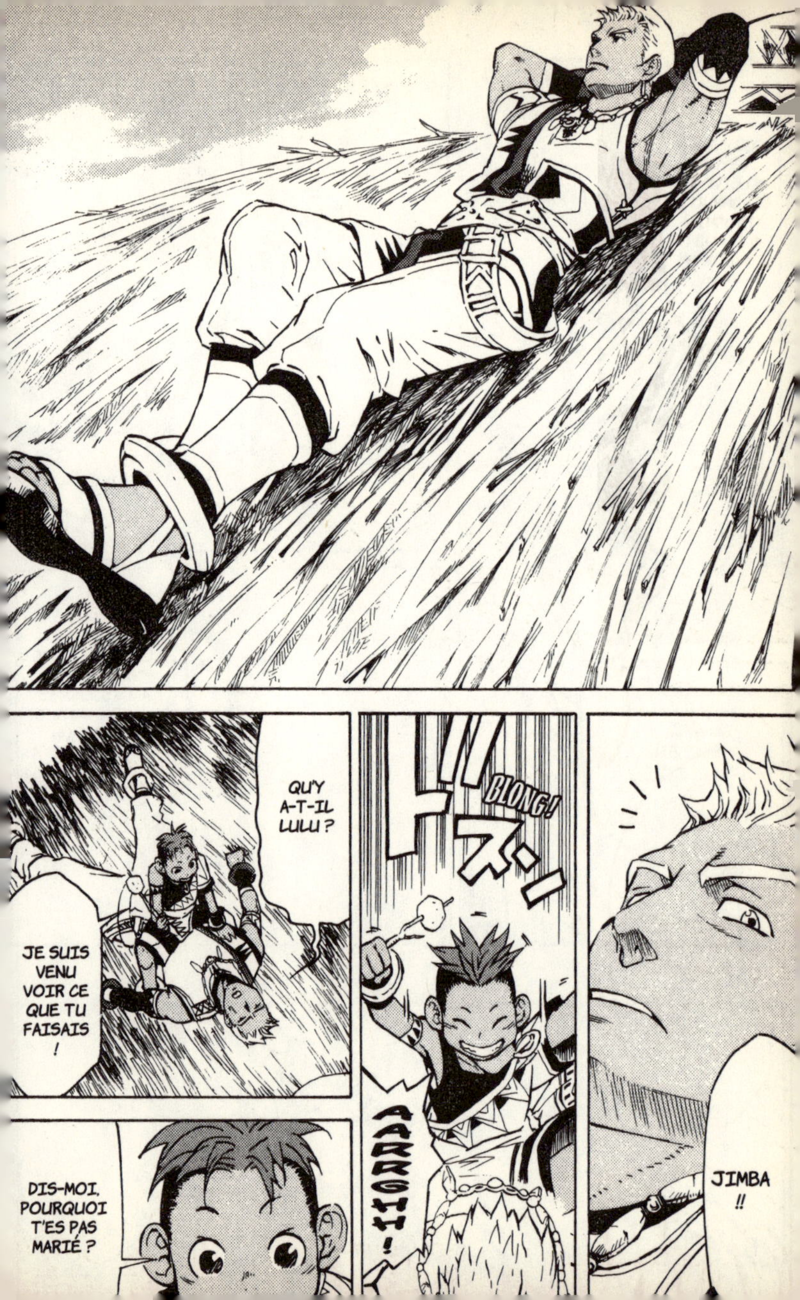
JIMBA !!
BLONG !
AARRGHH !
QU'Y A-T-IL LULU ?
JE SUIS VENU VOIR CE QUE TU FAISAIS !
DIS-MOI, POURQUOI T'ES PAS MARIÉ ?

HEIN ?
ÇA NE M'INTÉRESSE PAS...
MIAM
MIAM
TU N'AS PAS D'AMOUREUSE OU UNE FILLE QUE TU AIMES BIEN ?
ON T'A DEMANDÉ DE ME FAIRE PARLER OU QUOI ?
OUI, LA FILLE D'À CÔTÉ DE CHEZ MOI !
DIS-LUI QUE LES HISTOIRES À L'EAU DE ROSE NE M'INTÉRESSENT PAS...
TU CONNAIS CE PROVERBE ?
"LE MARIAGE FAIT LE BONHEUR DES FEMMES MAIS LE MALHEUR DES HOMMES".
C'EST UN PROVERBE KARAYA...
AH, TU ES LÀ JIMBA !

TIENS, ÇA VA HUGO ?
JIMBA, EST-CE QUE TU CROIS AUX ESPRITS ?
AUX ESPRITS ?
NOUS EN AVONS VUS AVEC LULU TOUT À L'HEURE PRÈS DE LA RIVIÈRE !
C'EST QUOI ÇA ?
TU AS VU, ÇA BRILLE !
FUIP !
DES GENS !?
CHUT !

...
LES FLAM-MES...
À LA FRON-TIÈRE DU MON-DE...
...DES RUINES...
ILS ONT DISPARU !

...
VOUS EN AVEZ PARLÉ À D'AUTRES PERSONNES ?
NON, PAS ENCORE_
JE VOIS_
?
BON EXCUSEZ-MOI, J'AI QUELQUE CHOSE D'URGENT À FAIRE, JE DOIS VOUS LAISSER_
AH, NE PARLEZ À PERSONNE DE CE QUE VOUS AVEZ VU AUJOURD'HUI, COMPRIS ?

...?
IL EST BIZARRE AUJOURD'HUI...
HUGO !
OUI MAMAN ?
TU PEUX DESCENDRE ? J'AI À TE PARLER...

TU ES AU COURANT DE LA GUERRE AVEC LES ZEXEN N'EST-CE PAS ?
JE SAIS QUE L'ISSUE DE CETTE GUERRE EST INCERTAINE ET QUE ÇA RISQUE DE DURER ENCORE TRÈS LONGTEMPS…
JE ME SUIS ENTRETENUE AVEC LES SOLDATS ET NOUS AVONS DÉCIDÉ D'ENTAMER UNE TRÊVE DANS LES COMBATS…
ET JE SOUHAITE QUE TU PORTES UNE LETTRE JUSQU'AU CONSEIL DE L'ARMÉE DES ZEXEN…
C'EST TOUT ? D'ACCORD, SI ÇA TE FAIT PLAISIR…
PFFF
TU RISQUES TA VIE EN Y ALLANT…
HEIN ?

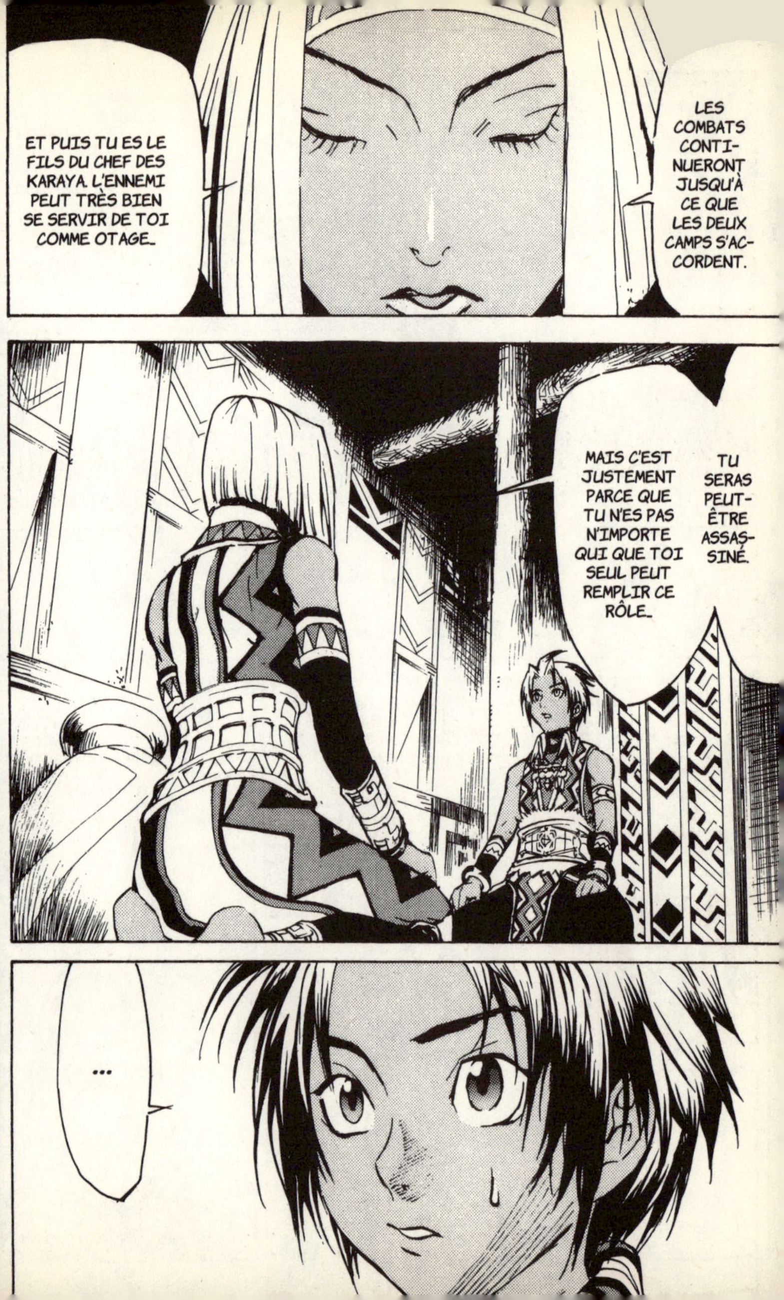
LES COMBATS CONTI-NUERONT JUSQU'À CE QUE LES DEUX CAMPS S'AC-CORDENT.
ET PUIS TU ES LE FILS DU CHEF DES KARAYA. L'ENNEMI PEUT TRÈS BIEN SE SERVIR DE TOI COMME OTAGE...
TU SERAS PEUT-ÊTRE ASSAS-SINÉ.
MAIS C'EST JUSTEMENT PARCE QUE TU N'ES PAS N'IMPORTE QUI QUE TOI SEUL PEUT REMPLIR CE RÔLE...
...

POC
POC
POC
MA MÈRE N'A PAS CESSÉ DE ME RÉPÉTER DE NE PAS BOIRE L'EAU DES VILLES, DE NE PAS SUIVRE LES INCONNUS… JE NE SUIS PLUS UN BÉBÉ !
C'EST NORMAL, C'EST NOTRE PREMIER GRAND VOYAGE…
HUGO, C'EST LA PREMIÈRE FOIS QUE TU VAS DANS UNE VILLE DE PIERRE ?
OUI, JE N'ARRIVE MÊME PAS À IMAGINER À QUOI ÇA RESSEMBLE…
ALORS C'EST DONC VRAI, LES ZEXEN HABITENT DANS DES PIERRES ?

ON VERRA BIEN SUR PLACE...
EN ROUTE VERS LA CAPITALE DES ZEXEN : VINAY DEL ZEXAY !

VINAY DEL ZEXAY, CAPITALE DE LA NATION MONTANTE ZEXEN.
VINAY DEL ZEXAY EST UNE VILLE MARCHANDE PROSPÈRE À L'OUEST DES GRASSLAND QUI DOIT SA RICHESSE AU COMMERCE LIBRE QU'ELLE ENTRETIENT AVEC D'AUTRES CONTINENTS. LA POLITIQUE DE LA VILLE EST DÉCIDÉE PAR UN CONSEIL COMPOSÉ DE QUELQUES PUISSANTS COMMERÇANTS.

ZZZZ
VOUS AVEZ L'AIR ÉPUISÉ, LADY CHRIS…
SALOMÉ…
JE PENSE QUE VOUS DEVRIEZ VOUS ALLONGER UN PEU…
TOUT À FAIT ! VOUS NE DORMEZ PAS ASSEZ LADY CHRIS !
LOUIS

TOUT VA BIEN...
JE SUIS JUSTE DÉGOÛTÉE DE CES SINGES DU CONSEIL...
TANT DE SOLDATS SONT MORTS... ILS MÉRITENT AU MOINS QU'ON SE RECUEILLE POUR EUX...
LES MEMBRES DU CONSEIL NE PENSENT QU'À CÉLÉBRER NOTRE RETOUR...
SIR GALAHAD ET SIR PÉLIZE NE SONT TOUJOURS PAS ENTERRÉS...
JE N'AI RIEN D'UNE HÉROÏNE... LE RÔLE DE CAPITAINE SUPPLÉANT EST TROP LOURD À ASSUMER POUR MOI...
...
JE VOUS AI JURÉ FIDÉLITÉ ET PROTECTION. JE NE LE FERAI PAS POUR QUELQU'UN D'AUTRE...

ELLE N'A PAS BESOIN DE VOTRE PROTECTION SIR SALOMÉ.
OH, VOUS TOUS...
CAPITAINE CHRIS, VOUS N'AVEZ PAS À VOUS TRACASSER.
EN VOUS BATTANT, VOUS AVEZ SAUVÉ NOTRE ARMÉE ET VOUS AVEZ REDONNÉ COURAGE À NOS HOMMES.
NOUS SOMMES CERTAINS QUE VOUS VOUS EN TIREREZ TRÈS BIEN !
JE L'ESPÈRE...
MERCI POUR VOTRE SOUTIEN...

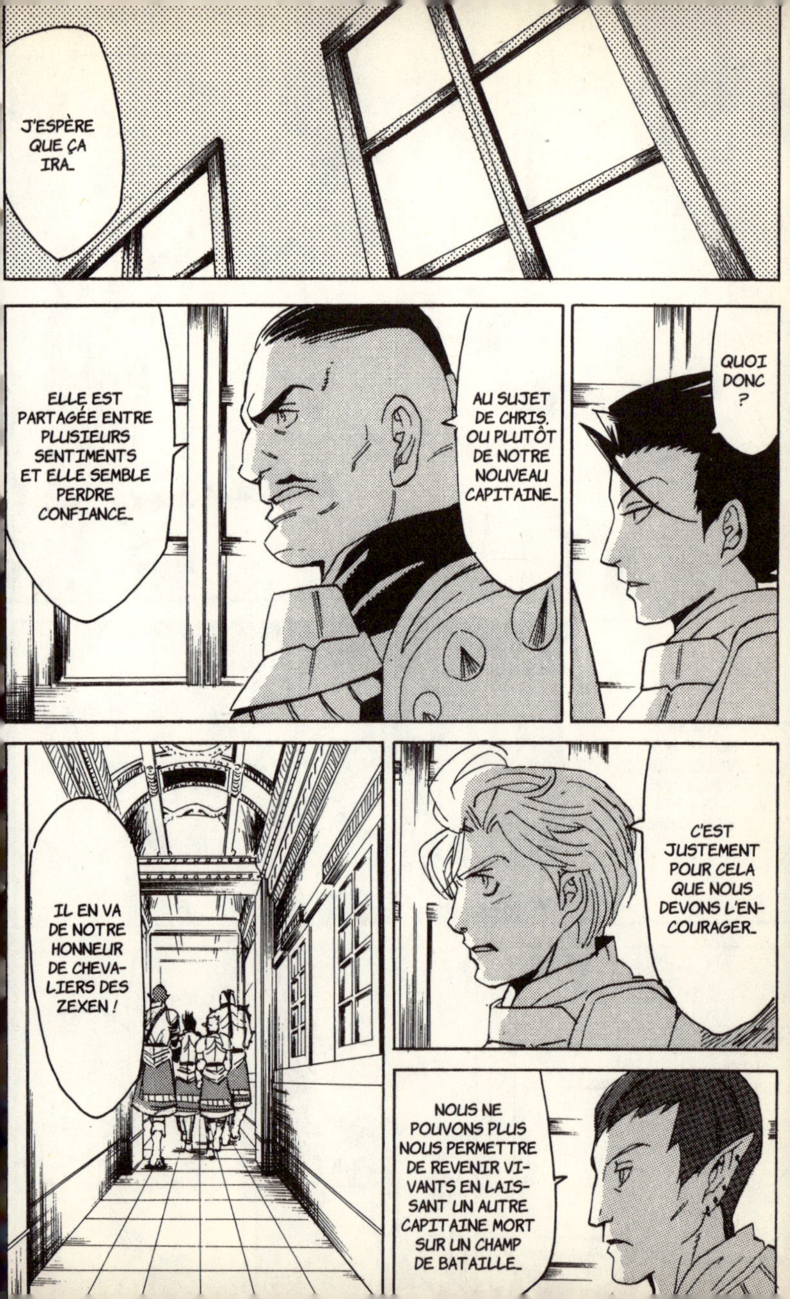
J'ESPÈRE QUE ÇA IRA...
QUOI DONC ?
AU SUJET DE CHRIS, OU PLUTÔT DE NOTRE NOUVEAU CAPITAINE...
ELLE EST PARTAGÉE ENTRE PLUSIEURS SENTIMENTS ET ELLE SEMBLE PERDRE CONFIANCE...
C'EST JUSTEMENT POUR CELA QUE NOUS DEVONS L'ENCOURAGER...
NOUS NE POUVONS PLUS NOUS PERMETTRE DE REVENIR VIVANTS EN LAISSANT UN AUTRE CAPITAINE MORT SUR UN CHAMP DE BATAILLE...
IL EN VA DE NOTRE HONNEUR DE CHEVALIERS DES ZEXEN !

ALLEZ, RENTRONS…
DEMAIN, NOUS PARTONS À L'AUBE, IL VAUT MIEUX SE REPOSER UN PEU.
…

JE VOUS DIS DE RENTRER CHEZ VOUS !
?
ÇA FAIT TELLEMENT LONGTEMPS QUE JE NE SUIS PAS RENTRÉE À LA MAISON...

JE CHERCHE MONSIEUR WYATT !
JE VOUS RÉPÈTE QU'IL N'EST PLUS ICI !
ALORS OÙ PUIS-JE LE TROUVER ?
!!
MADEMOISELLE CHRIS !
QUE SE PASSE-T-IL ?
MON PÈRE EST MORT À LA GUERRE IL Y A DÉJÀ 17 ANS...
OH PARDON... JE SUIS CONFUS...

QUI ÉTAIT-CE ?
JE NE SAIS PAS...
TCHAC
TCHAC
ÇA FAISAIT SI LONGTEMPS QUE JE N'AVAIS PAS MANGÉ DE LA BONNE CUISINE...
DIS-MOI !

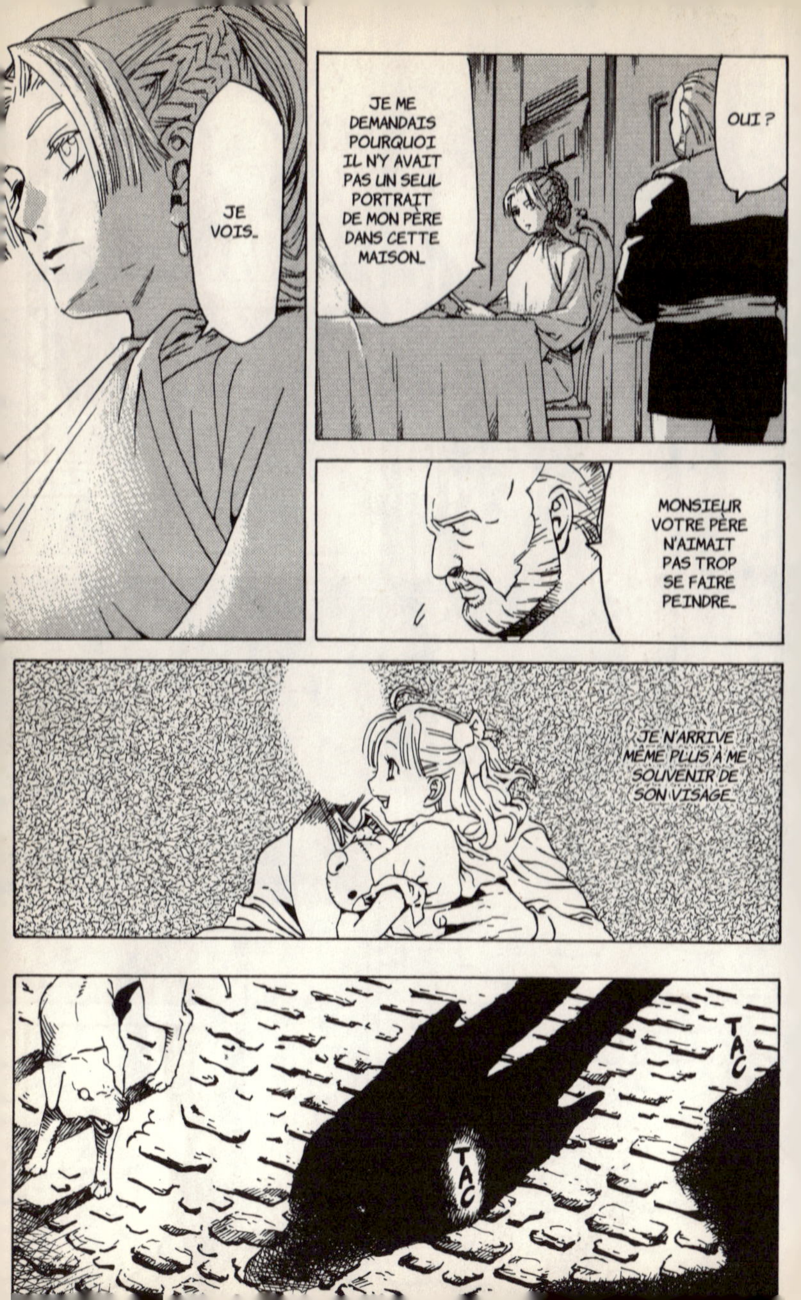
OUI ?
JE ME DEMANDAIS POURQUOI IL N'Y AVAIT PAS UN SEUL PORTRAIT DE MON PÈRE DANS CETTE MAISON...
JE VOIS...
MONSIEUR VOTRE PÈRE N'AIMAIT PAS TROP SE FAIRE PEINDRE...
JE N'ARRIVE MÊME PLUS À ME SOUVENIR DE SON VISAGE...
TAC
TAC

WAF !
WAF !
KAIIIII !
KAIIIII !
S'IL N'EST PAS ICI NON PLUS, ALORS IL NE PEUT-ÊTRE QUE CHEZ LES KARAYA.

ALORS COMME ÇA, NOUS SOMMES REVENUS À VINAY DEL ZEXAY POUR RECEVOIR L'ORDRE DE RETOURNER AUX GRASSLAND POUR DEMANDER UNE TRÊVE ?
CES SINGES DU CONSEIL SONT VRAIMENT SÉNILES !
NOUS N'AVONS PAS LE CHOIX, C'EST NOTRE MÉTIER.
NOUS DEVONS DONC VOUS REJOINDRE PLUS TARD ?
OUI.
ALLEZ, PARTONS !

JE SUIS ÉPUISÉ !
PLOF !
ボフ
ON A FAIT 5 AUBERGES AVANT DE TROUVER CETTE CHAMBRE !
LES HABITANTS DES GRASS-LAND SONT RARES ICI…
ET PUIS POURQUOI NOUS REGARDENT-ILS SI BIZARREMENT?
LES TYPES DU CONSEIL N'ONT PAS ÉTÉ TRÈS AIMABLES…

SURTOUT QU'APRÈS NOUS AVOIR FAIT ATTENDRE DES HEURES, CE N'EST QU'UN SUPPLÉANT DU CONSEIL QUI NOUS A REÇU...
LE PRINCIPAL EST D'AVOIR RÉUSSI À APPORTER LA LETTRE À DESTINATION. NOUS N'AVONS PLUS QU'À RENTRER ET ATTENDRE LEUR RÉPONSE.
OUI...
LE VENT DES PRAIRIES ME MANQUE DÉJÀ...
C'EST DONC LÀ QUE VIT LE CLAN DES KARAYA...
TAC

GÉNÉRAL, VOUS PENSEZ VRAIMENT QU'ON PUIS-SE TROUVER DES INDICES DANS CE TROU ?

TOUT D'ABORD, ALLONS MENER NOTRE ENQUÊTE AUPRÈS DES VILLAGEOIS.
ZIIIIP!
TCHOC!
HÉ VOUS LÀ-BAS!!!

VOUS N'ÊTES PAS DES HABITANTS DES GRASSLAND !
NE FAITES PLUS UN GESTE SI VOUS SOUHAITEZ RESTER EN VIE !
...
DU CALME_
PAS LA PEINE DE S'ÉNERVER_
QUE SE PASSE-T-IL ?
CHEF ! DES INTRUS !

QUI ÊTES-VOUS ?
MON NOM EST GEDDOE ET VOICI MES COMPAGNONS.
NOUS SOMMES VENUS VOIR JIMBA.
OUAH ! JOLIE FILLE !
GEDDOE ? TU ES… GEDDOE ?
BAISSEZ VOS ARMES ! CE SONT MES INVITÉS…
HEIN ?
PARDON GEDDOE, JE SUIS DÉSOLÉE POUR CET ACCUEIL…
JE SUIS CONTENTE QUE TU SOIS VENU MAIS JIMBA NE VA PAS REVENIR AVANT UN CERTAIN TEMPS.

QUEL DOMMAGE…
MAIS VOUS ÊTES LES BIENVENUS SI VOUS SOUHAITEZ RESTER UN PEU AU VILLAGE.
DEMAIN, NOUS ATTENDONS UNE RÉPONSE À NOTRE DEMANDE DE TRÊVE. SI VOUS VOULEZ VOUS JOINDRE À NOUS…
AILA, TU SERAS LEUR GUIDE PENDANT LEUR SÉJOUR ICI !
POURQUOI MOI ?
NOUS NE NOUS SOMMES PAS ENCORE TOUS PRÉSENTÉS.
NOUS SOMMES UNE TROUPE DE MERCENAIRES.
JE SUIS ACE, LE BEAU GOSSE DU GROUPE.
ET VOICI LE RESTE, MON FAIRE VALOIR.

BING ! SPLAF !
JE PLAISANTAIS... VOICI, DE DROITE À GAUCHE...
JACQUES, QUEEN ET JOKER.
ET QUE LUI VOULEZ-VOUS À JIMBA ?
NOUS SOMMES À LA RECHERCHE DES "PORTEURS DU FEU" ET IL Y A UNE FORTE PRIME SI ON LES RETROUVE...
JIMBA EST UN AMI DE GEDDOE ET IL NOUS A DIT QU'IL AVAIT DE NOUVELLES INFORMATIONS À LEUR SUJET.
TU SAIS QUELQUE CHOSE SUR LES PORTEURS DU FEU ?
AU SUJET DU VENDEUR D'ALLUMETTES ?!
TU N'AS PAS L'AIR DE SAVOIR...

IL Y A ENVIRON 50 ANS, UN HOMME PORTEUR DU BLASON DE LA "FLAMME HÉROÏQUE" EST APPARU.
EN UTILISANT LES POUVOIRS DE SON ARMOIRIE, IL A RÉDUIT À NÉANT UNE ARMÉE DES HARMONIAN VENUE ENVAHIR LES PLAINES DES GRASSLAND.
LES HABITANTS DES GRASSLAND SE SONT ALORS ASSOCIÉS À CET HOMME ET À SON GROUPE. ON LES APPELAIT "LES PORTEURS DU FEU."
ILS SE SONT BATTUS CONTRE LES HARMONIAN.

MAIS
ENSUITE...

APRÈS AVOIR CONNU LA GLOIRE ET APRÈS AVOIR DÉFAIT LES HARMONIAN...
LES HÉROS DE LA FLAMME ONT DISPARU...
BAH. IL S'AGIT D'UNE VIEILLE LÉGENDE DE HÉROS...
...
SACRÉ ACE... IL NE PERD AUCUNE OCCASION...
DE TRAÎNER AUTOUR DE LA PREMIÈRE FEMME VENUE...
ON FAIT QUOI ? ON LE LAISSE ICI ?
FAUDRA PENSER À LE CALMER CELUI-LÀ...
HA HA HA.

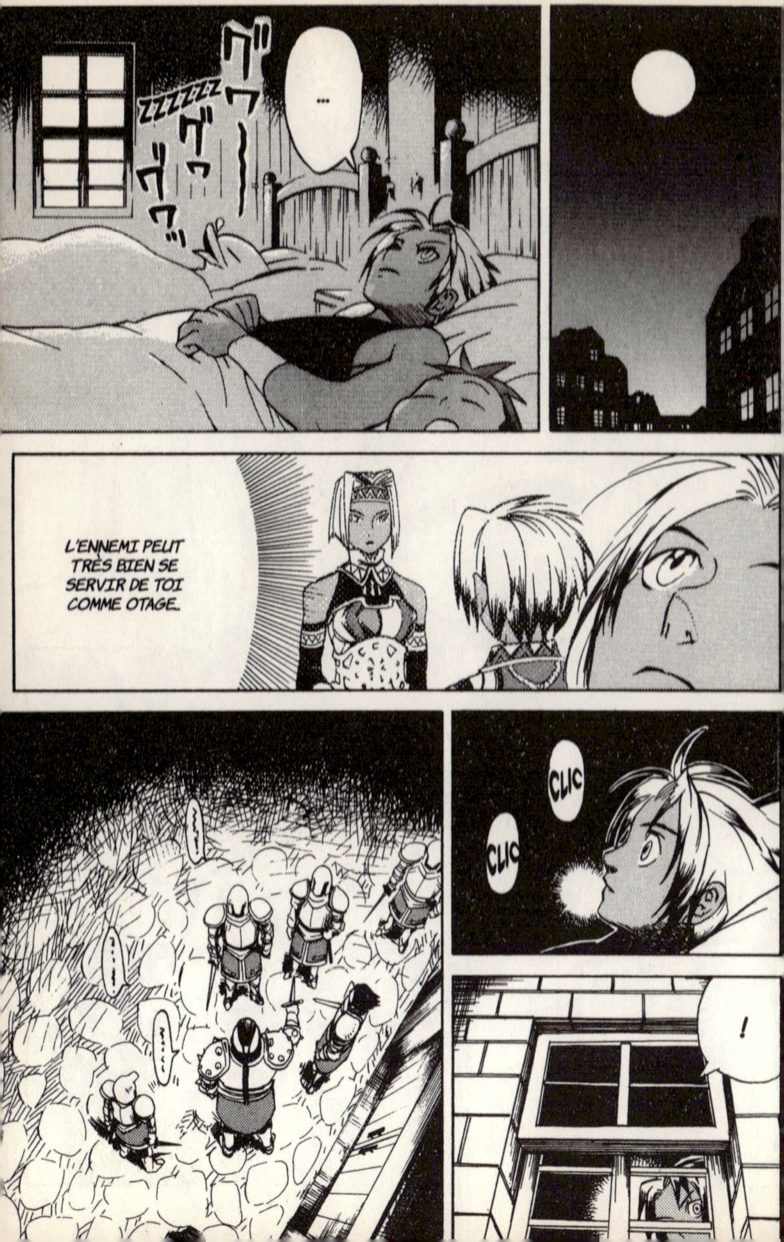
...
ZZZZZZZ
L'ENNEMI PEUT TRÈS BIEN SE SERVIR DE TOI COMME OTAGE.
CLIC
CLIC
!

VLAM !
CLONG !
SHLING
SHLING !
MMMH ?
FIUUUUU

À L'HEURE QU'IL EST, JE PENSE QUE LUCIA ET LES AUTRES SONT EN TRAIN DE NÉGOCIER LA TRÊVE…
OUI…
ENFIN, LA PAIX VA REVENIR SUR KARAYA…

UNE TRÊVE ?
QUE C'EST AMUSANT… JE VIENS D'ENVOYER MON FILS POUR VOUS PROPOSER LA MÊME CHOSE !
BIEN, ÇA SIGNIFIE DONC QUE VOUS N'Y VOYEZ AUCUNE OBJECTION ?

CES NÉGOCIATIONS ONT ÉTÉ D'UNE SIMPLICITÉ DÉROUTANTE !
LES COMBATS ONT ÉTÉ ÉPROUVANTS POUR LES DEUX CAMPS...
ENFIN, LES GRASSLAND VONT CONNAÎTRE LA PAIX...
QUE S'EST-IL PASSÉ ?!
QUOI DONC ?!
MAÎTRE ZÉPON... IL...
MAÎTRE DUPA ! C'EST TERRIBLE !
QUE SE PASSE-T-IL ?

ZÉPON, LE CHEF DU CLAN LIZARD…
… A ÉTÉ ASSASSINÉ…

HEUREUSEMENT QUE NOUS AVIONS LAISSÉ NOS CHEVAUX CACHÉS DANS LA FORÊT !
ET PUIS HEUREUSEMENT QUE FUBAR EST VENU À NOTRE AIDE CAR SINON...
MOI, JE ME FAIS DU SOUCI POUR LE CLAN KARAYA.
DÉPÊCHONS-NOUS !

J'AI UN MESSAGE !
UNE ARMÉE DES GRASSLAND VIENT D'ATTAQUER UN CONVOI ZEXEN !
MESSIRES MIRIAM ET LANCHET ESSAIENT DE SE DÉFENDRE !
COMMENT ?
BANDE DE TRAÎTRES !!!
SLASH !

VOUS AVEZ OSÉ NOUS TROMPER AVEC CETTE FAUSSE TRÊVE !
VEN-GEONS NOTRE CHEF ZÉPON !
ENCERCLEZ-LES ! AUCUN D'EUX NE DOIT REPAR-TIR VIVANT !

SIR MIRIAM ET LES AUTRES POURRONT-ILS S'EN SORTIR SEULS ?
C'EST IMPOSSIBLE. ILS SONT TOTALEMENT ENCERCLÉS !
SIR SALOMÉ, RETOURNEZ SUR LEURS TRACES ET ALLEZ LES AIDER !
NON, CE SERAIT DE LA FOLIE !
VOUS PRÉFÉREZ QU'ON LES LAISSE SE FAIRE MASSACRER ?
IL Y A PEUT-ÊTRE UNE SOLUTION...

PUISQUE CE SONT DES TRAÎTRES, ENTRONS DANS LE VILLAGE KARAYA PAR L'ARRIÈRE ET METTONS-Y LE FEU.
EN VOYANT QUE LEUR VILLAGE BRÛLE, ILS BATTRONT EN RETRAITE.
MAIS LES FEMMES ET LES ENFANTS DU VILLAGE...
NOUS N'AVONS PAS LE CHOIX !
LADY CHRIS ! DONNEZ L'ORDRE !
...

VOICI LE CIMETIÈRE DES SOLDATS KARAYA...
TOUS NOS SOLDATS SONT MORTS POUR DÉFENDRE LEUR HONNEUR ET NOUS LEUR AVONS DÉDIÉ CE BEL ESPACE...
MORTS POUR L'HONNEUR...
TOI AUSSI TU POURRAIS MOURIR PAR HONNEUR ?
BIEN SÛR !
LES KARAYA VIENNENT DE LA TERRE ET RETOURNENT À LA TERRE.
MOURIR AU COMBAT EST LE PLUS GRAND DES HONNEURS !

HA HA HA
MOI JE CROIS QUE TU ES TROP JOLIE POUR MOURIR. MÊME PAR HONNEUR...
TIENS ? OÙ EST PASSÉ JACQUES ?
DERRIÈRE TOI !
WHAA !
JE...
JE CUEILLAIS DES FLEURS...
POUR LES DÉPOSER SUR LES TOMBES...
HA HA HA
C'EST UN MERCENAIRE OU UN POÈTE ?

JE SENS UN DANGER IMMINENT...
QU'Y A-T-IL ?
ZIM
LE VILLAGE EST EN DANGER !
HÉ AT-TENDS ! PAS SI VITE !
OH NON...

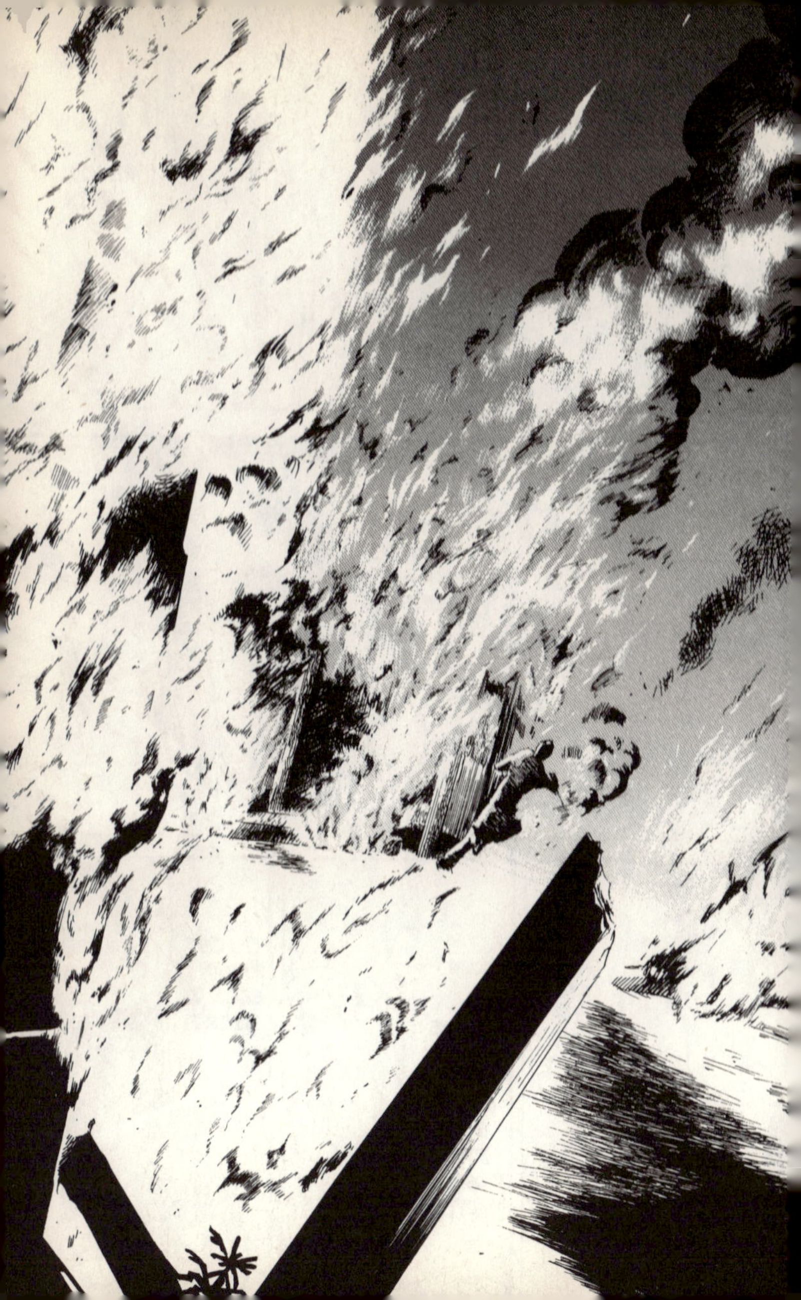

AAAAH ! VOUS REVOILÀ ENFIN !
MA TANTE !
QUE S'EST-IL PASSÉ ?
LES HOMMES DE FER NOUS ONT ATTAQUÉS PAR SURPRISE !
NOUS AVONS ÉTÉ TRAHIS !
OÙ EST MAMAN ? ELLE VA BIEN ?
JE NE SAIS PAS ! LE FEU S'EST PROPAGÉ SI VITE !
QUOI QU'IL EN SOIT ! FUYEZ, VITE !

LES HOMMES DE FER ZEXEN...
NOUS AVIONS NÉGOCIÉ LA PAIX ! ALORS POURQUOI ?!
FRRRRRRRRRRRRR !
ゴオオオオオオオ
ALLONS-NOUS-EN ! C'EST TROP DANGEREUX DE RESTER ICI !
NON. JE DOIS RETROUVER MA MAMAN !
NON ! C'EST TROP DANGEREUX !
NON !!

ILS SONT MORTS...
...
LULU NON !
TAP !
MAMAN. OÙ ES-TU ?
MAMAN !!
RÉPONDS-MOI !!
FRRRRRRRRRRRR !
MAM...
CLAC
CLAC

SA-LAUDS ! COMMENT AVEZ-VOUS PU !?!
HA !
YAAAAAAAAAAAA !

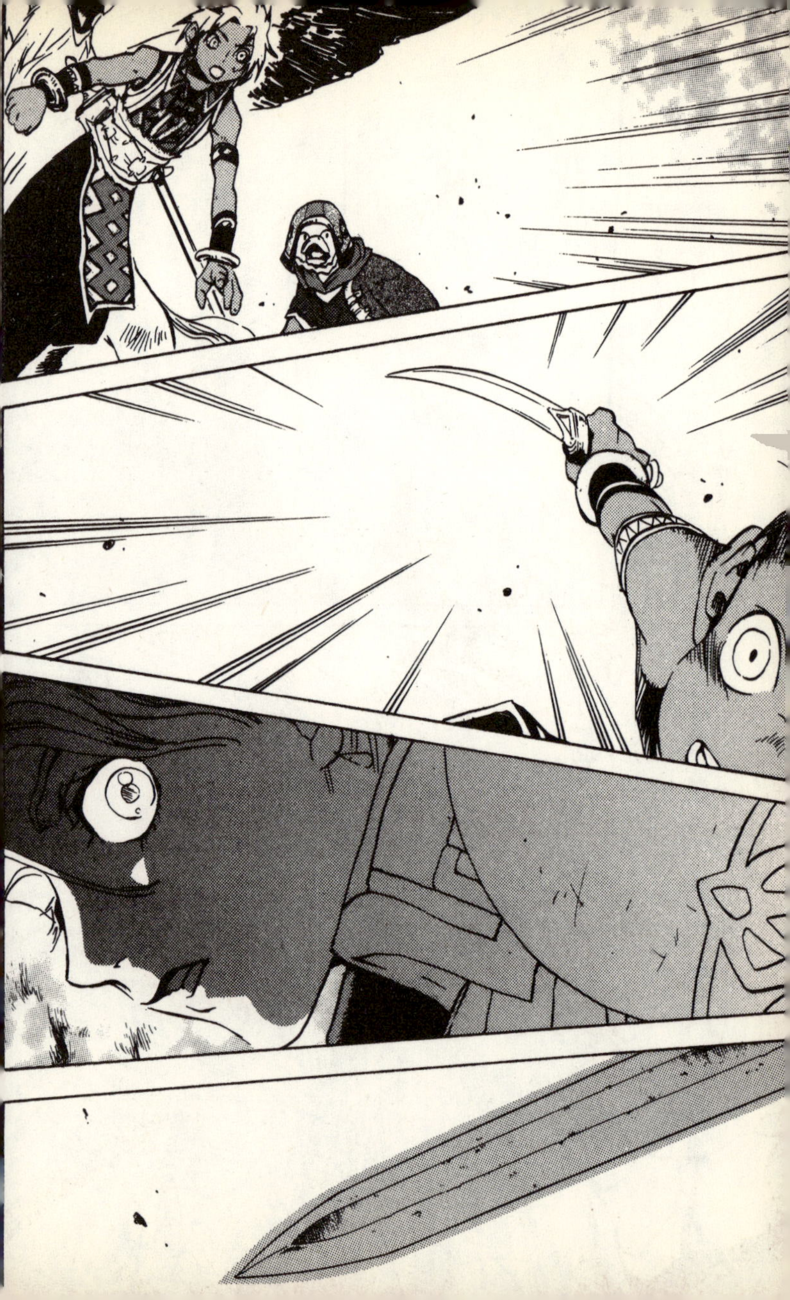

LULU !!!
BOM !
HUHU...
HUHU...
LULU !!!
LU...

SERGENT JOE ! IL SAIGNE !
DITES-MOI COMMENT STOPPER L'HÉMORRAGIE !
PLIC
IL SAIGNE !!
IL FAUT ARRÊTER ÇA !
PLOC
SERGENT ! DITES-MOI COMMENT FAIRE !
C'EST IMPOSSIBLE... L'ARTÈRE EST TRANCHÉE...

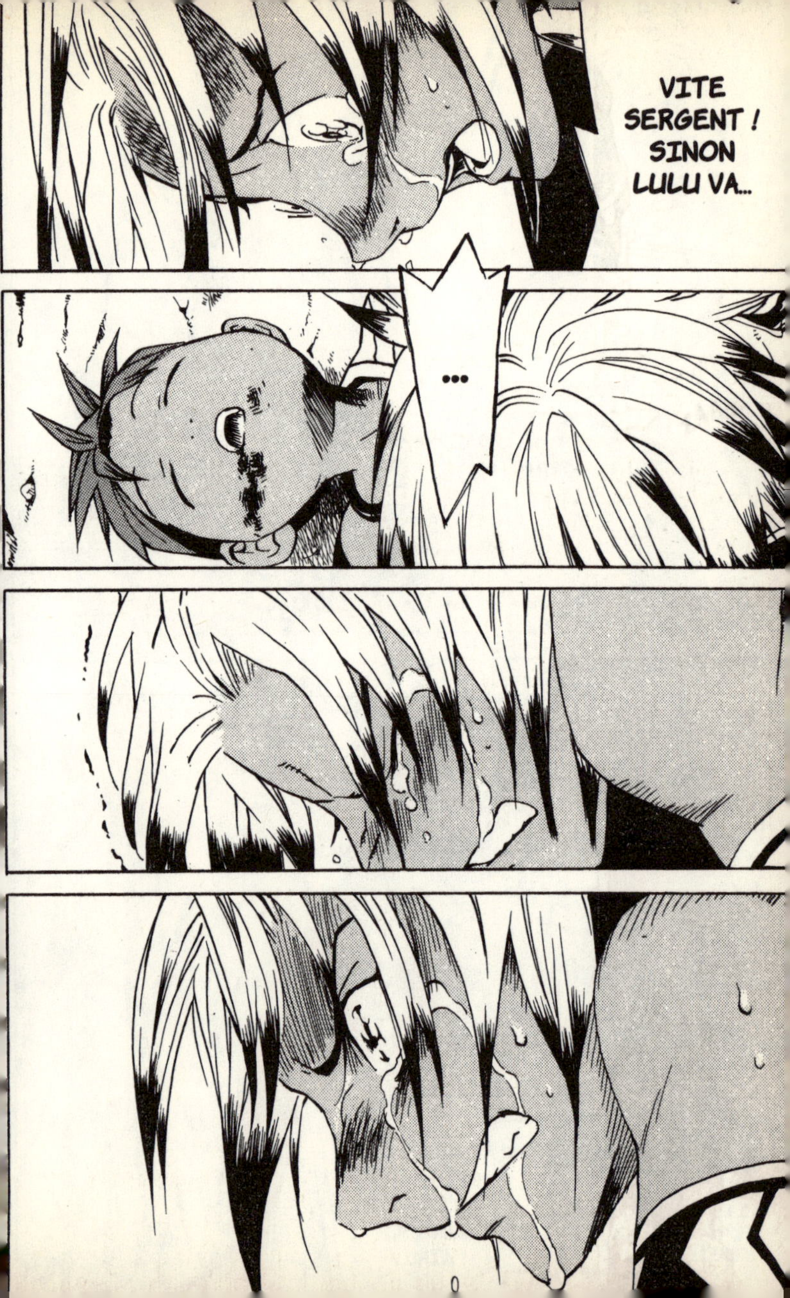
VITE SERGENT ! SINON LULU VA...
...

!
CLAC...
LADY CHRIS... IL EST TEMPS DE PARTIR...
HUGO ! NON, NE FAIS PAS ÇA !
LA FERME ! LÂCHE-MOI !
BAM !

VOUS… SORTEZ DE NOTRE VILLAGE…
ゴオオオオオオオオオオオ
FRRRRRRRRRR
HUGO, JE RESSENS LA MÊME RAGE QUE TOI, MAIS TU N'Y ARRIVERAS PAS…
…
JE SUIS DÉSOLÉE…

HAAA HAAA
GRRRRRRRRRRR
POF
ズザ

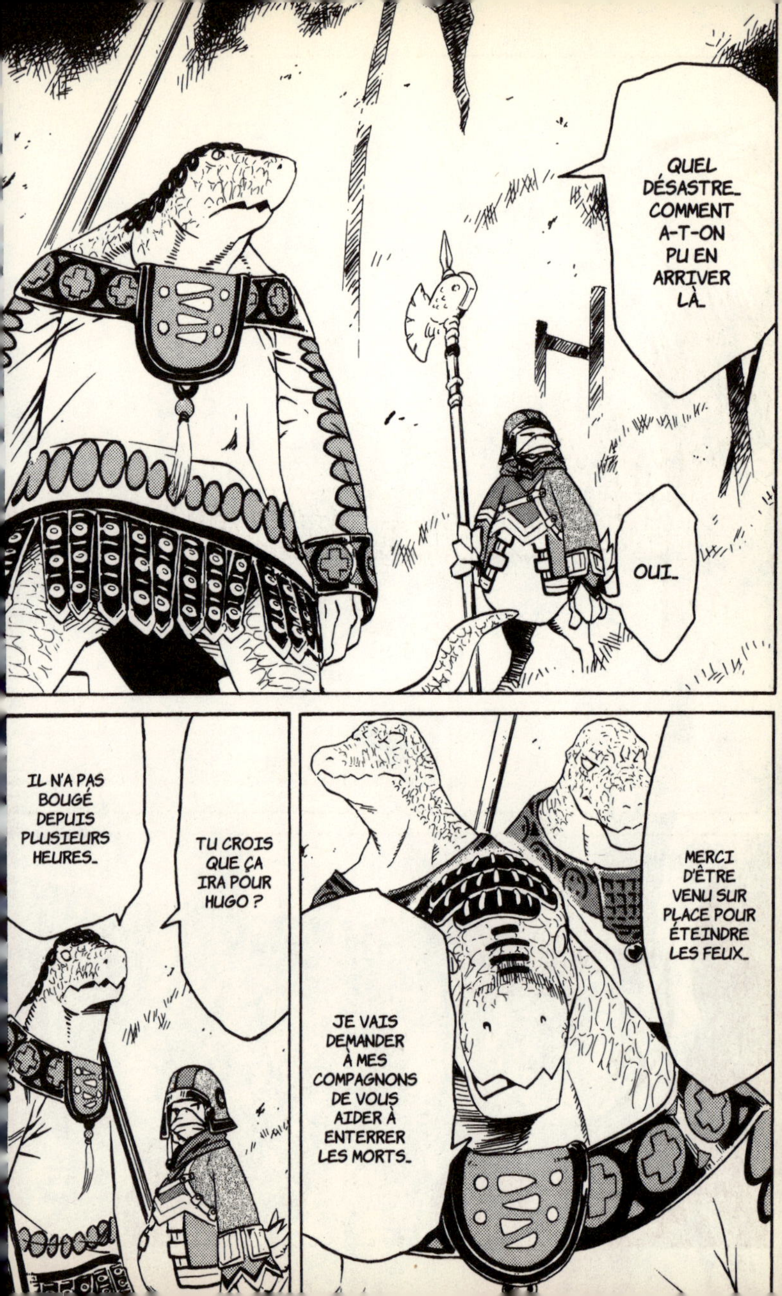
QUEL DÉSASTRE… COMMENT A-T-ON PU EN ARRIVER LÀ…
OUI…
MERCI D'ÊTRE VENU SUR PLACE POUR ÉTEINDRE LES FEUX…
JE VAIS DEMANDER À MES COMPAGNONS DE VOUS AIDER À ENTERRER LES MORTS…
TU CROIS QUE ÇA IRA POUR HUGO ?
IL N'A PAS BOUGÉ DEPUIS PLUSIEURS HEURES…

COUI...

POF
SERGENT_
...

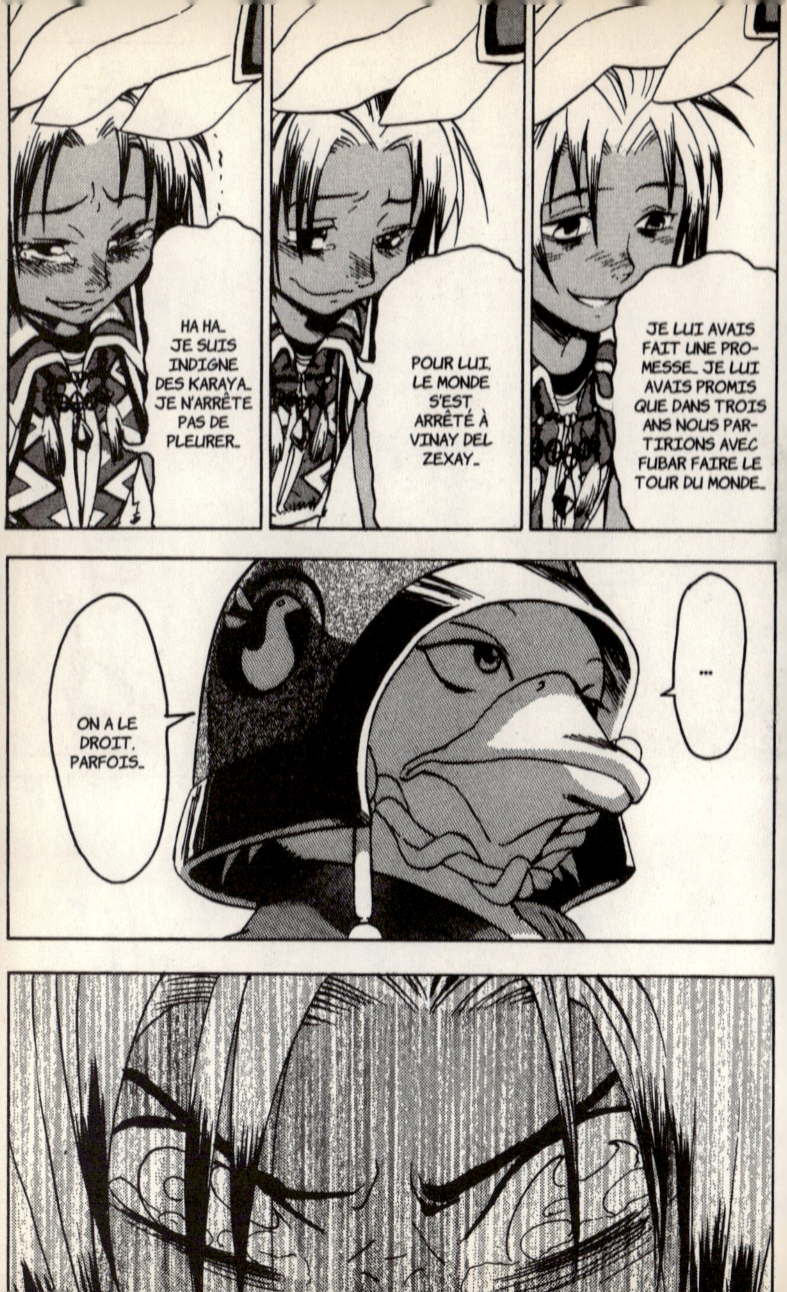
HA HA… JE SUIS INDIGNE DES KARAYA… JE N'ARRÊTE PAS DE PLEURER…
POUR LUI, LE MONDE S'EST ARRÊTÉ À VINAY DEL ZEXAY…
JE LUI AVAIS FAIT UNE PROMESSE… JE LUI AVAIS PROMIS QUE DANS TROIS ANS NOUS PARTIRIONS AVEC FUBAR FAIRE LE TOUR DU MONDE…
…
ON A LE DROIT, PARFOIS…

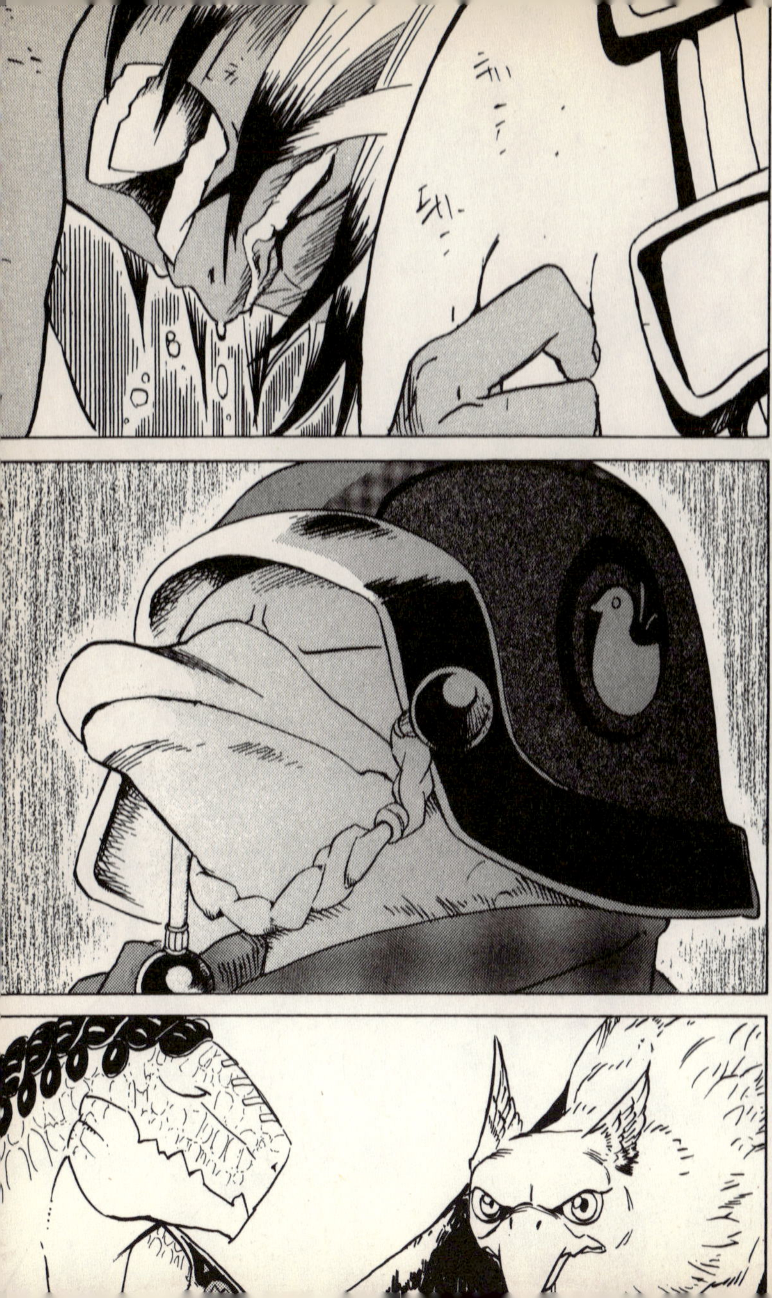

WHAAAAAAAAAAAA–
WHAAAAAA–
WHAAAAAAAAAAAAAAAA–

C'est ainsi que le jeune Karaya,
Hugo, fit la rencontre de la
guerrière Zexen, Chris...
Leur rencontre déclencha la
petite étincelle qui allait allumer
tous les feux du destin...

Suikoden III
Fin du premier volume.
À suivre dans le volume 2

BONJOUR !!

JE SUIS AKI SHIMIZU,
LA DESSINATRICE DE SUIKODEN III.
J'ESPÈRE SINCÈREMENT QUE VOUS AVEZ APPRÉCIÉ LA LECTURE DE CE PREMIER VOLUME...

LA SAGA SUIKODEN EST PASSIONNANTE, MAIS POUR UN MANGAKA, TENTER DE RECRÉER CET UNIVERS COMPLEXE EST UNE TÂCHE PARTICULIÈREMENT ARDUE...
EN EFFET, IL N'Y A PAS MOINS DE 108 PERSONNAGES À TRAITER TOUT AU LONG DE LA SÉRIE ET IL M'EST DIFFICILE DE TROUVER LE MOYEN DE LES INTRODUIRE, DE MANIÈRE COHÉRENTE, DANS MES PAGES...

EN ESPÉRANT NE PAS DÉCEVOIR LES FANS DU JEU VIDÉO, JE VOUS DONNE RENDEZ-VOUS TRÈS BIENTÔT POUR LE VOLUME 2 !

LILI EN →
MOUSQUETAIRE...

À VENIR DANS LE PROCHAIN VOLUME :
HUGO, BIEN DÉCIDÉ À VENGER LA MORT DE SON AMI, ENTREPREND DE PARTIR DÉFIER LA FÉE D'ARGENT, SEUL...
CHRIS, DE SON CÔTÉ, RÉALISE LA CRUAUTÉ DE SES ACTES ET PERD CONFIANCE...
Suikoden III
Les héritiers du destin
Volume 2
À SUIVRE...

SOLEIL
MANGA

Écrivez-nous à :
Soleil Manga
25, rue Titon
75011 Paris - France
manga@soleil-lesite.com

Titre original : SUIKODEN 1

15, bd de Strasbourg
83000 Toulon - France
Traduction : Florent Gorges
Lettrage : GB One
Dépôt légal : Février 2006
ISBN : 2-84946-365-5
Aubin Imprimeur - France
Distribution Hachette